Selma Nerung

Ein angekündigter Tod

Roman

Aus dem brasilianischen Portugiesisch von
Wiebke Augustin

Arara Verlag

Veröffentlicht im Arara Verlag
1. Auflage September 2013

Covergestaltung: Arara Design
Druck: Druckerei Nunnenmann GmbH
Printed in Germany auf Werkdruck FSC-Mix
www.arara-verlag.de

ISBN 978-3-9815863-4-3

1

Das Flugzeug landete planmäßig. Olavo war der erste, der die Treppe hinunterging. Er hatte einen kleinen Handkoffer bei sich, in dem sich alles Nötige für eine Nacht befand, sollte er es nicht schaffen, noch am selben Tag zurückzufliegen.

Er nahm ein Taxi und versuchte sich auf dem Weg zum Haus der Schwester gefühlsmäßig vorzubereiten. Elena öffnete die Tür. Olavo seiner Schwester einen zurückhaltenden Blick zu. Die Reise hatte ihn ausgelaugt.

„Was für eine Überraschung“, sagte sie, „komm herein!“

Die Freude der Schwester irritierte Olavo noch mehr, unbeholfen erwiderte er ihre Umarmung.

„Wie geht es Dir?“

„Schlecht“, entgegnete er in einem Tonfall, der genau seinem Gesichtsausdruck entsprach.

Ein Unwetter vorausahnend, zeigte sie mit dem Finger auf den Sessel und ging zur Bar, um Drinks zu machen.

„Bevor Du Dich zu sehr über mein Kommen freust, möchte ich Dir den Grund dafür nennen.“

Sie mixte die Getränke und warf einen Eiswürfel ins Glas.

„Du kannst mir gerne zu viel einschenken“, bat Olavo.

Sie setzte sich vor ihn, den Kopf ein wenig geneigt, eine fast unterwürfige Konzentration im aufmerksamen Blick.

„Du weißt, dass Deine Situation hoffnungslos ist, Elena. Hinter meinem Rücken höre ich Getuschel, nur die engsten Freunde reden offen mit mir. All das ist nichts Neues für Dich. Ich habe es Dir schon unzählige Male gesagt. Aber jetzt ist das Maß voll. Du hast den einfachsten Teil der Firma geerbt, was zeigt, wie gut unser Vater seine Kinder kannte. Der andere, bessere Teil ging an Cristina, die auch über keinen besonders guten Menschenverstand verfügt. Ich bekam die Abteilung, die auf dem Markt Mut und Aggressivität braucht. Alles lief sehr gut. Bis Du Antonio geheiratet hast."

Das Thema war Zündstoff und trieb Olavo von der einen Seite des Wohnzimmers zur anderen. Seine Füße traten mit großen, entschiedenen Schritten den dicken Teppich platt.

„Weißt Du, wer mich angerufen und um Hilfe gebeten hat? Natürlich nicht. Und wie ich sehe, interessiert es Dich nicht einmal. Der Produktionschef Deiner Fabrik. Deiner Fabrik, aber vererbt von unserem Vater, der bis zu seinem Tod geschuftet hat. Nun gut. Er sagte mir, dass ihr diese Ausschreibung gar nicht hättet verlieren können. Es sei denn, einer aus der Firma hätte den Konkurrenten Informationen zugespielt."

Elena sah ohne eine Regung in ihr Glas. Ihre Schultern wirkten zerbrechlich, das Gesicht hübsch und die Gesichtszüge fein. Olavos Streitlust ließ nach. Er setzte sich vor sie.

„Ich weiß, dass Du immer verwöhnt worden bist, nie vernünftig warst und immer gemacht hast, was

Du wolltest. Aber wie kommt es, dass Du trotz so vieler interessanter Anwärter ausgerechnet Antonio heiraten musstest?“

„Ich liebe ihn.“

„Du hättest die Besten haben können!“

„Ich sagte schon, ich habe mich in ihn verliebt.“

„Aber warum in dieses dürre Gestell? Und er ist nicht nur hager, sondern auch noch ein Taugenichts.“

„Nicht alle haben so starke Schultern wie Du.“

„Trotzdem habe ich ihm eine Aufgabe gegeben. Eine symbolische zwar, doch gibt sie ihm die Möglichkeit, die Nase in Dinge zu stecken, die ihn nichts angehen. Ich war nie mit Deiner Heirat einverstanden. Aber ich bin auch nicht hierhergekommen, um Dein Leben durcheinander zu bringen. Nur dass jetzt endlich jemand Deinen Mann zwingen muss, sich von der Firma fernzuhalten. Und dieser jemand werde ich sein. Zu Deinem Besten!“

Das Geräusch des Schlüssels im Schloss unterbrach das Gespräch, brachte seine Gesten ins Stocken. Antonio trat ins Haus. Er bemerkte weder Elena noch Olavo in der Ecke des Wohnzimmers. Langsam ging er zu dem großen Spiegel aus belgischem Kristall, der in der Eingangshalle hing, und betrachtete sich. Es folgte eine rasche Beurteilung, er schien zufrieden.

„Ich finde, dass die Historiker Lucrécia Bórgia und ihre Giftmischerei wohlwollender betrachten sollten“, sagte Olavo, „manchmal ist es nötig, jemanden aus der Familie zu vergiften.“

Sichtlich überrascht näherte sich Antonio.

„Mein Schwager, wer sagt's denn!"

„Elena, darf ich gleich jetzt einen Blick in die Buchhaltung Deiner Firma werfen?", Olavo erhob sich.

„Natürlich, geh nur!"

Antonio erstarrte, täuschte jedoch weiterhin ein Lächeln vor.

Am späten Nachmittag verließ Olavo die Firma. Er war erschöpft. Auf dem Parkplatz traf er Antonio. Er schrie ihn an, nannte ihn einen Nutznießer und Lügner. Als würde er nichts wiegen packte er ihn schließlich am Kragen seines Sakkos und schüttelte ihn. Alarmiert durch diesen Tumult erschienen die ersten Angestellten. Doch bevor sie die Rauferei beendeten konnten, schlug Olavo seinen Schwager mit der Faust nieder und warf ihn rücklings auf den Boden. Schon im Gehen rief er ihm zu:

„Halt Dich von der Firma fern, wenn Dir Dein Leben lieb ist!"

Auf direktem Weg ging er zum Haus seiner Schwester, um seinen Handkoffer zu holen. Als er die Treppe zum Wohnzimmer hinunterging, sah er Elena in der Eingangstür stehen. Sie blickten sich an. Ihre Hand erstarrte, der Rauch ihrer Zigarette stieg in einer Arabeske auf. Olavo fragte sich, ob er träume.

2

Olavo ging die Gangway hinauf. Die Stewardess leierte Begrüßungsfloskeln herunter. Der Kabinenchef schaute über ihre Schulter, offensichtlich zufrieden schweigen zu dürfen.

Aus Gewohnheit richtete Olavo sich auf und - ebenfalls aus reiner Gewohnheit - erwiderte er das Lächeln der Stewardess. Diese flüsterte ihrem Kollegen zu:

„Schade, dass nicht solche Männer nicht häufiger mit uns fliegen."

Der Motorenlärm wurde lauter, das Monstrum machte eine halbe Drehung, glitt dahin und erhob sich träge in die Luft. Die Motoren wurden ruhiger und brummten monoton, fast heiser. Die Flügel durchschnitten die Wolken. Olavo neigte die Lehne seines Sitzes nach hinten. Er streckte sich bequem aus und versuchte an nichts zu denken. Dann rief er sich die letzten Stunden in Erinnerung. Dieses Unwetter war unvermeidlich gewesen, zwei Jahre hatte die fehlende Initiative seiner Schwester ihm Kummer bereitet. Der Streit mit dem Schwager hatte ihm gut getan, jetzt waren sie quitt. Schläfrigkeit überkam ihn. Der gesunde Menschenverstand ließ nach. Stattdessen stachelte ein ungewöhnlicher Mut seine Einbildungskraft an: Wenn ich Antonio wirklich umbringen wollte, gäbe es ein Gift, das keine Spuren hinterließe? Selbst wenn der Körper in Einzelteile zerlegt würde und alles in einem Labor untersucht würde? In Gedanken ging er die Krimis durch, die er gelesen hatte. Er war sich fast sicher, dass irgendjemand ein solches Gift erwähnt hatte. Aber nein, das Beste wäre wirklich, Antonio einfach eine Kugel durch den Kopf zu jagen. Eine schnelle Methode. Und sauber. Männersache. Er stellte sich sogar vor, wie Antonio auf dem Mosaikboden der Fabrik lag. Und endlich würde Elena den Bruder ernst nehmen. Ah! Und das Blut? Fast hätte er es vergessen. Es würde aus diesem Schuft herauslaufen und das Entsetzen der Schwester noch steigern. Er öffnete die Augen einen Spalt. Ein merkwürdiges Gefühl überkam ihn. Wie kommt es nur, dass man merkt, wenn man beobachtet wird?

Die Frau im Sitz neben ihm starrte ihn an, das Schwarz ihrer Augen hüllte Olavo von oben bis unten ein, als wollte sie ihn schwarz anmalen. Ihre Pupillen leuchteten förmlich, exzentrisch, erschreckt. Olavo lehnte sich unbeholfen in den Sitz zurück und versank wieder in Gedanken. Hatte er etwa im Halbschlaf gesprochen?

„Ich hätte nicht an Bord gehen sollen", kam der Frau über die dünnen Lippen.

„Warum?", fragte er ohne zu überlegen und bereute es sofort.

Das hätte ihm noch gefehlt, dass diese hässliche Frau ihn belästigen würde!

Sie saß ihm jetzt beinahe frontal gegenüber und ließ ihren unverfrorenen Blick prüfend über ihn gleiten.

„Ich habe Angst!"

„Machen Sie sich keine Sorgen. Reisen mit dem Flugzeug sind sicherer, als man glaubt."

Sollte er etwa das Pech haben, sich irgendein Bekenntnis anhören zu müssen, eines von der Sorte, das man nur Unbekannten gegenüber macht?

„Ich bin schon viel gereist. Nie hatte ich Angst, aber heute..."

„Das kenne ich."

„Gerade eben hatte ich eine Vorahnung. Und meine Vorahnungen erfüllen sich immer."

„Ach, tatsächlich?"

„Ja. Heute habe ich den Tod gesehen. Hier, neben mir!"

„Hier?", wiederholte Olavo, zeigte auf seinen Sitz und fühlte sich wie ein Idiot.

„Telepathie, wissen Sie? Sie können sich nicht vorstellen, wie sehr mich das stört. Wenn sich jemand sehr auf eine Sache konzentriert – nicht immer, Gott sei Dank – bekomme ich zunächst eine Vorahnung und innerhalb kurzer Zeit stelle ich mich darauf ein, was in seinem Kopf vorgeht."

Olavo saß mittlerweile aufrecht in seinem Sitz, jede Ruhe hatte ihn verlassen, der Mut ebenfalls. Er kämpfte gegen den Schreck an und dachte: *„Die muss verrückt sein."*

„Denken Sie nicht, dass ich verrückt bin. Ich habe Ärzte aufgesucht, Untersuchungen machen lassen. Nichts ist dabei herausgekommen."

Olavo schauderte innerlich.

„Und warum sind Sie dann so nervös, wenn alle Untersuchungen ohne Befund waren?"

„Sehen Sie nicht, dass ich mich nicht um mich sorge? Ich habe den Tod nicht auf meiner Seite gesehen, sondern auf Ihrer."

Ein Passagier aus der anderen Sitzreihe beobachtete sie. Offensichtlich zog er die ungewöhnliche Unterhaltung der faden Lektüre des Bordmagazins vor. Olavo hatte sich bislang nur auf den Inhalt der Worte konzentriert, sodass ihm die Lautstärke, mit der die Frau sprach, nicht bewusst geworden war. Laut genug, dass die Nachbarn alles mithören konnten. Er dachte an Antonios Feinde. Verlogene Wichtigtuer. Wer würde sich nicht darüber freuen, ihn ausgestreckt daliegen zu sehen, nachdem einige Kugeln Kaliber 38 seinen ewigen Schlaf garantierten? Und wenn ihn wirklich jemand umbringen würde? In erster Linie er selbst, Olavo, würde sich dann in einer misslichen Lage befinden. Wie viele Personen hatten seine Drohungen gehört? Elena, der Geschäftsführer, der Junge vom Archiv, die Sekretärin, ein halbes Dutzend Arbeiter.

Er lehnte sich wieder zurück. Nur weil diese verwelkte, unsympathische Frau Halluzinationen hatte, ließ er sich nicht aus der Ruhe bringen.

Aber er ließ sich doch, er kannte Menschen, die die ungewöhnliche Gabe besaßen, Tragödien vorauszusehen.

Beide hüllten sich in schützendes Schweigen. Sie schien es zu bereuen, ihm ihre Bedenken mitgeteilt zu haben. Und er zwang sich sicherheitshalber an nichts zu denken, was ihn noch mehr belasten könnte.

Sie blieben beide beinahe regungslos sitzen und als das Flugzeug auf der Landebahn aufsetzte, waren sie erschöpft. Eilig nahmen sie ihr Gepäck. Die Stewardess, die ganz oben an der Treppe stand, hatte schon ihr Lächeln aufgesetzt. Doch sie musste einen Schritt zurücktreten, denn die Frau drängte durch die Tür und auch Olavo stürzte in übertriebener Eile hinaus, um möglichst schnell das Flughafengelände verlassen zu können und auf die Straße zu kommen, weit weg von dieser Frau.

„Hätte ich es nicht mit eigenen Augen gesehen, ich würde es nicht glauben", murmelte die Stewardess.

3

Vier Wochen später war Olavo auf dem Weg zu Cristina, seiner anderen Schwester. Sie wohnte in einem geräumigen, modernen Haus, das sich auf gerade erschlossenem, noch unbewohntem Bauland befand. Weit genug von der Stadt entfernt, sodass der Lärm nicht bis dorthin drang. Das Grundstück erstreckte sich über einen ganzen Häuserblock, auf dem man die Bäume, darunter zwei große Feigenbäume, hatte stehen lassen. Dadurch war der Garten von einer fast unwirklichen Schönheit, die ausgestreckten Arme der Bäume wirkten wie versteinerte Wäscheleinen, auf denen sanft das Moos schaukelt. Das davor liegende Gelände war für den Bau eines Platzes reserviert, noch war es eine Senke, über die sich ein Dickicht aus Bambus ausbreitete.

Schwester und Schwager empfingen Olavo ein wenig überrascht.

„Ich habe nicht damit gerechnet, dass Du dieses Mal wirklich kommen würdest."

„Ich bedauere es, nicht vorher gekommen zu sein, Cris. Natürlich hatte ich viel zu tun, aber hätte ich die Dinge etwas mehr forciert, hätte ich früher kommen können."

„Halten wir uns nicht mit Vorwürfen auf. Komm herein!"

Wie Elena begann Cristina sofort, einen Drink zu mixen, während sie laut über die Ereignisse der letzten Monate berichtete.

„Damit Du auf dem neuesten Stand bist und Dich an den Gesprächen beteiligen kannst."

Anders als Cris fiel es Carlos sehr schwer, Zuneigung auszudrücken. Normalerweis unterhielt er sich gerne. Doch an jenem Nachmittag war er schweigsam, sein Blick abwesend. Und bald entschuldigte er sich, da er telefonieren müsse.

„Cris, ist irgendetwas mit Deinem Mann nicht in Ordnung?"

„Carlos war schon immer unsicher. Insbesondere meinen Freunden gegenüber. Er rächt sich, indem er sie wie langweilige Dummköpfe behandelt. Ich hatte ihn gebeten zu telefonieren, damit wir wissen, mit wie vielen Personen wir dieses Wochenende rechnen müssen."

Aus der Küche, dem Reich von Josefina, drang Lärm. Für die Familie war Josefina wie ein Erbstück: Sie war von Cris Mutter in den Besitz von Cris übergegangen. Nachdem sie Cristina und die Geschwister aufgezogen hatte, wurde sie zur Köchin. Die Abgeschiedenheit ihres privaten Paradieses ließ sie immer vor guter Laune strotzen, und die Ganzkörperschürze trug sie wie einen Schild, der sie vor den Unannehmlichkeiten der Welt schützte. Sie umarmte Olavo und noch bevor er ihr von den Neuigkeiten berichten konnte, machte sie ihm einen Kaffee.

„Fina, wie oft hast Du mir geholfen, wenn ich Schwierigkeiten mit dem Alten hatte?"

„Was ist das für eine Begrüßung, gleich so dummes Zeug zu fragen?"

Anita kam vorbei und begrüßte Olavo. In Anbetracht der Uniform und der Gerätschaften, die sie bei sich hatte, musste sie die Putzfrau sein. Anita arbeitete seit vier Jahren im Haus und aus dem zarten Mädchen war eine hagere, spröde junge Frau mit hängenden Schultern und glattem, strähnigen Haar geworden.

Außer Josefina und Anita gab es noch Joana, wild in allem was sie tat. Vor allem bei der Arbeit. Letzteres war der Grund, warum Cristina ihre Wildheit in den anderen Bereichen ertrug. Joanas Stimme drang aus dem Arbeitsbereich des Hauses, sie rief Anita.

„Sollte dieses Mädchen jemals ermordet aufgefunden werden“, sagte Josefina, „muss man nicht eine Minute darüber nachdenken, wer sie umgebracht haben könnte. Man muss sich nur die alte Joana schnappen und Kurs aufs Polizeikommissariat nehmen.“

Olavo überkam ein merkwürdiges Gefühl, schon wieder eine Bemerkung, mit der er nicht gerechnet hätte.

„Weißt Du eigentlich, dass meine schönsten Kindheitserinnerungen die Gemeinheiten sind, die Du gedeckt hast, Fina?“

„Jetzt übertreib' mal nicht, sogar Du warst gut erzogen. Schau 'mal, wer da ist!“

„Ist das nicht Vavá?“

Vavá stand in der Tür und knetete seinen Hut.

„Komm rein und setzt Dich hier hin!“, kommandierte Josefina.

„Ja, er ist es, unser alter Vavá. Er arbeitet immer noch hier und will noch immer nicht aus dem elenden Loch ausziehen, erinnerst Du Dich noch daran? Dort vorne, mitten im Bambusdickicht, hat er schon mit seiner Mutter gewohnt. Seit sie tot ist, klammert er sich an die Hütte. Cris hat ihm schon angeboten, hier einzuziehen, aber er will nicht. Ich bin gespannt, was passiert, wenn die Maschinen kommen um den Platz zu bauen."

Vavá duckte sich, als ob sie ihn schlagen würden.

„Da bin ich wirklich gespannt", wiederholte Josefina und ihre Stimme verriet, dass Ärger zu erwarten war.

„Warum habt ihr ihm eigentlich diesen Spitznamen gegeben? Falls es wirklich einer ist. Soweit ich mich an seine Mutter erinnere, könnte es auch ein Name sein."

„Ist es aber nicht. Er heißt Valdemar. Aber wenn ihn jemand fragt, wird er so nervös, dass er anfängt zu stottern. Va...Va...Va, bis er es endlich schafft, den Rest zu sagen."

Anita ging an ihm vorbei und streckte ihm die Zunge heraus. Dabei hielt sie eine fast leere Flasche Gin vor sein Gesicht, die sie in die Speisekammer stellen wollte.

„Siehst Du das hier? Wenn nicht er es ist, der heimlich nippt, dann sie", stichelte Anita.

„Das auch noch?"

„So ist es. Sobald es dunkel wird, lässt Vavá die Arbeit liegen. Nicht, dass das einen großen Unterschied macht. So entspannt wie er seine Arbeit macht, könnte er auch noch im Dunkeln weiterarbeiten, aber er

kommt direkt hierher und wartet aufs Abendessen. Und dann bringt Anita die Aperitifgläser aus dem Wohnzimmer. Fast immer ist in dem einen oder anderen noch etwas drin. Und dieser Schamlose kippt es ab."
Vavá senkte den Kopf und runzelte die Stirn.

„Hat er sich schon einmal betrunken, bis zum Umfallen?"

„Denkst Du Dir schon wieder einen Streich aus?"

„Du hast doch selbst gesagt, dass ich immer artig war."

„Nicht was so was betrifft."
Vavá aß langsam, weil er keine Zähne mehr hatte. Und an jenem Tag noch langsamer, weil er verlegen war.

„Er ist schon von Natur aus schwerfällig", erklärte Josefina, „aber wenn er beleidigt ist, dann ist er wie gelähmt. Erst wenn er zufällig eine vergessene Flasche findet und leer trinkt, dann löst sich seine Zunge."
Vavás Hut lag neben ihm. Er hatte ihn immer auf und nahm ihn nur ab, wenn er ins Haus kam.

„So wie der Hut aussieht, trägst Du ihn auch, wenn Du schläfst, hä?"
Vavá schüttelte den Kopf. Josefina verließ die Küche um zu fragen, ob sie das Abendessen servieren sollte. Olavo nutzte die Gelegenheit, ging in die Speisekammer und brachte eine Flasche Likör. Er versteckte sie unter dem Hut.

„Sollen wir Fina einen Streich spielen? Nimm sie mit, aber versteck' sie gut."

Vavá lächelte und entblößte sein Zahnfleisch. Josefina kam zurück. Er fuhr fort zu essen, mit gebeugtem Kopf, das Gesicht beinahe im Teller. Als er fertig war, schlich er heimlich hinaus, die Flasche in den Hut gehüllt schützend unter dem Arm.

Anita stellte die Schüsseln auf den Tisch. Die präzisen Bewegungen, das nach hinten gebundene Haar und das Kleid, das locker über den mageren Körper fiel, ließen Olavo an eine römische Priesterin denken, die ihre Opfergaben auf dem Altar ablegt. Anders als Carlos, der am Kopfende des Tisches saß und ganz und gar nicht an eine Gottheit erinnerte. Keine Spur Erhabenheit, keinerlei Aggressivität.

„Téo hat die Einladung angenommen", sagte er, „ Mirta und er kommen morgen."

„Ausgezeichnet", antwortete Cris, „es ist gut, ihn ein bisschen aufzurütteln, denn so wie er sich im Moment benimmt, würde es mich nicht wundern, wenn man ihn eines Tages an einem Balken im Keller hängend finden würde."

Fast schien es, als würde sie sich über diese Aussicht freuen.

„Bruno kommt ebenfalls und bringt Sandra mit. Seine laute Art wird Téos Schweigen ausgleichen."

Olavo sprach während des Abendessens kaum. Carlos entschuldigte sich bald und stand noch vor dem Nachtisch auf, er müsse noch einen dringenden Anruf erledigen.

„Verrätst Du mir jetzt, warum Du so schlecht gelaunt bist, Olavo?“

„Ich bin dieses Wochenende zu Euch gekommen, Cris, weil Du mir gesagt hast, dass ansonsten niemand kommen würde. Ich muss dringend ein wenig ausspannen.“

„Ich habe von Deinem Streit mit Antonio gehört. Elena hat mich angerufen. Es hat keinen Sinn, weiter auf der Geschichte herumzureiten. Was Du brauchst, ist Ablenkung.“

„Ach ja? Mit den Leuten, die normalerweise hierherkommen? Du hast die bedauernswerte Angewohnheit, Leute einzuladen, die sich im Grunde nur ein bisschen anfeinden wollen. Nur um sich auf Kosten der anderen zu amüsieren. Ich für meinen Teil ziehe es vor, nicht mit von der Partie zu sein.“

Er hatte nicht vor abzureisen, aber es reizte ihn etwas zu bluffen.

„Du denkst ja nicht im Entferntesten daran zu fahren.“

Ihre Antwort stachelte Olavo an weiter zu lästern.

„Falls die Gäste so langweilig sind wie bei meinem letzten Besuch sehe ich keinen Grund zu bleiben.“

„Erklär' mir das mal etwas genauer, was stört Dich an ihnen?“

„Du hast ein besonderes Talent, Dich mit Typen zu umgeben, die bei jeder Bemerkung versichern *Du kannst mir glauben, was ich sage* und einem dabei ihren Finger in die Brust bohren. Mich stört das. Auch verabscheue ich diese chronisch Blasierten, die einen nicht in Ruhe lassen können. Dauernd belästigen sie einen: *Na los, lach doch mal ein bisschen!* Als wäre ihre gute Laune ansteckend!"

Cristina zuckte mit keiner Wimper. Olavo fühlte, wie die Wut in ihm aufstieg.

„Und dann noch die Allesversteher", fuhr er fort, „wenn sie sehen, dass einer nachdenklich ist, legen sie dem armen Teufel den Arm um die Schulter und schauen ihm tief in die Augen. Und bestehen mit leiser Stimme darauf zu wissen, was los ist."

Immer wenn Cristina das Thema wechseln wollte, gab sie den anderen recht:

„Ich stimme Dir zu, dass einige unserer Freunde ein bisschen merkwürdig sind. Aber nicht die, die morgen kommen, das kannst Du mir glauben."

„Lüg' mich nicht an!"

„Seit wann lüge ich? Familienangehörigen gegenüber, meine ich", damit deutete sie an, dass sie ihren Ehemann nicht zur Familie zählte, „ich selbst habe die Gäste ausgewählt. Téo und Mirta kennst Du schon. Und auch die anderen sind sympathisch."

Als Olavo an Carlos Büro vorbeiging, hörte er ihn am Telefon sagen: *Es ist wichtig, die richtigen Leute zusammenzubringen, die im richtigen Moment schnell handeln und die ein Motiv haben es zu tun.* Wie versteinert blieb er stehen. Vor zwei Jahren hatte Carlos ein paar Leute zum Angeln eingeladen. Einer von ihnen war ein cleverer Ehemann, der im richtigen Moment schnell handeln konnte und ein gutes Motiv hatte, einen Mord zu begehen. Er lud seine Frau zu einem Spaziergang in der Umgebung ein. Dabei war sie in eine Schlucht gestürzt. Der Fall wurde als Unfall angesehen, aber alle, die die beiden besser gekannt hatten, wussten, wie gelegen dieser Tod dem Ehemann gekommen war.

Olavo fühlte, wie sich die Haare im Nacken sträubten und ihm ein Schauer den Rücken hinunterlief. Das war ihm so bisher nur einmal passiert, als er ein Tor geöffnet hatte und plötzlich einer dänischen Dogge gegenüberstand. Die Augen des Hundes hatten ihn völlig bewegungslos fixiert. Damals war ihm derselbe Schauer über den Rücken gelaufen und seine Haare standen zu Berge. Glücklicherweise hatte er keinen Fuß in diesen Hof gesetzt.

Langsam ging er zurück ins Wohnzimmer.

„Cris, unter Deinen sympathischen Freunden, die morgen kommen, gibt es da jemanden, der gerne einen der anderen umbringen würde?“

„Du bist der einzige Mensch, dem es immer wieder gelingt, mich in Erstaunen zu versetzen.“

„Gibt es jemanden oder nicht?“

„Es gibt jemanden.“

Minutenlang brachte Olavo kein Wort heraus. Später bedauerte er das sehr, denn als er seine Stimme endlich wiedergefunden hatte, war Carlos aufgetaucht und machte die Gelegenheit, allein mit Cristina zu sprechen, zunichte.

Auf dem Weg zu seinem Zimmer hörte er Anitas Stimme aus der Küche:

„Fina, findest Du nicht auch, dass Joana in letzter Zeit etwas merkwürdig ist?“

„Du hast Recht. Und dass sie irgendetwas verheimlicht. Leider tut sie immer so geheimnisvoll, sodass man nie weiß, ob etwas Schlimmes passiert ist. Um das herauszubekommen, müsste sie wohl erst tot sein.“

4

Drei Uhr morgens, Olavo konnte nicht schlafen und wälzte sich unruhig im Bett hin und her. Endlich gelang es ihm seinen Verstand auszuschalten, und langsam überkam ihn eine wohltuende Müdigkeit. Doch dann hörte er ein Geräusch. Das Knarren einer Tür. Deutlich, unverwechselbar. Danach schlurfende Schritte. Genau unter seinem Fenster. Benommen blieb Olavo noch einige Minuten liegen. Aber die Neugier machte ihn munter, er stand auf um die Lage auszukundschaften. Der Abstand zwischen dem Haus und der Mauer, die das Grundstück umgab, war groß. Das Anwesen erstreckte sich einen Hang hinunter bis zur Mauer, durch die ein Tor auf die Straße führte. Die Anwohner nannten die Straße „die Unterstraße" um sie von der anderen, die an die obere Seite des Geländes grenzte, zu unterscheiden. Vom Tor zum Haus führte ein gepflasterter Weg, der jetzt im hellen Mondlicht glänzte, den Hang hinauf. Zwei Gestalten tauchten auf dem Weg auf und gingen Richtung Haus. Sie schleppten eine schwere Kiste, was ihnen offensichtlich große Schwierigkeiten bereitete. Die Nacht war kalt, sie trugen Mantel und Mütze. Alle drei bis vier Schritte blieb eine der beiden stehen und setzte sich auf die Kiste, um eine Pause zu machen. Die andere gestikulierte ungeduldig und sah dabei zu den Fenstern des zweiten Stocks. Olavo, der die Szene unbeweglich durch einen Spalt in der Gardine beobachtete, erstarrte vor Schreck. Die zwei Gestalten transportierten die Kiste bis unter sein Fenster und verschwanden aus seinem Blickfeld. Dann hörte er ein Knarren, Holz schrammte über den Boden, Geflüster.

Dort unten, im Souterrain des Hauses, führte eine Tür zu einem großen Abstellraum, der gebaut worden war, um die Hanglage auszunutzen. Vom Haus war der Raum nur über eine Treppe von der Waschküche aus zu erreichen.

Olavo hatte die Angewohnheit, stets eine Waffe bei sich zu haben. Cristina brachte dies immer zum Lachen. Jetzt konnte er sie vielleicht gebrauchen. Eilig durchwühlte er seinen Koffer und zog den Revolver heraus. Leise schlich er in die Waschküche. An der Tür zur Treppe zum Abstellraum blieb er stehen und öffnete sie Millimeter für Millimeter. Das geringste Geräusch würde die beiden zur Flucht veranlassen. Nachdem er die Tür eine Handbreit geöffnet hatte, spähte er durch den Spalt nach unten. Die Tür vom Abstellraum zum Garten stand offen. Eine Gartenlaterne und der Mond tauchten den Raum in ein dämmriges Licht. Er ging die Treppe einen Schritt hinunter, ihn schauderte: Die Tatsache, dass sie das Licht nicht angeschaltet hatten, war zwar eine gute Vorsichtsmaßnahme, zeigte jedoch auch, dass die Eindringlinge den Ort sehr genau kannten. So genau, dass ununterbrochen ein schabendes Geräusch von Gegenständen, die herum geschoben wurden, zu hören war. Olavo schloss die Tür mit derselben Vorsicht, mit der er sie geöffnet hatte. Bereits der kleinste Lichtschein von unten könnte ihn zu einer einfachen Zielscheibe machen. Langsam stieg er die Stufen hinab, ihm wurde bewusst, wie wenig er auf eine solche Situation vorbereitet war. Was wollte er dort tun, im Dunkeln? Warten, dass sie auf den Hof hinausgingen, dann hinter ihnen herrennen, mit der Waffe auf sie zielen und wie im Film schreien: *Stehen bleiben oder ich schieße?* Natürlich würden sie nicht stehen bleiben. Sie würden sich einfach in die Büsche werfen, die entlang des Weges wuchsen, und dann bis zum Tor kriechen. Der beste Ausweg wäre, den Sicherungskasten zu erreichen, das Licht anzuschalten und sie mit der Waffe zu bedrohen. Sehr gut, theoretisch.

Leute, die heimlich in anderer Leute Häuser einsteigen, wissen was sie tun. Sie sind darin geübt, eine Waffe zu ziehen. Ihre Zielgenauigkeit war viel besser als seine, der er immer nur mit feststehenden Zielen trainierte.

Schon floss ihm der Schweiß über die Schläfen, die Waffe entglitt fast seiner Hand. Beinahe hätte er geschrien. Er hörte, wie jemand fast schon asthmatisch röchelnd näher kam. In dem Moment, als er sich gerade die Schläfe abwischte, wurde die Tür zum Hof geschlossen, der Abstellraum lag völlig im Dunkeln. Jemand stieg die Treppe hinauf. In wenigen Sekunden würde er seinen Atem im Gesicht spüren. Panisch drehte er sich um, stieß die Tür auf und warf sich auf den Fußboden, mit Sicherheit war der Täter bewaffnet. Im Befehlston rief er, wer immer es auch sei, er solle die Treppe heraufkommen. Dabei war ihm bewusst, was für ein lächerliches Bild er abgab. Nie und nimmer würde derjenige gehorchen. Er würde wieder hinuntergehen, das ja. Doch Olavo hatte nicht mit dem Schrei gerechnet. Ein spitzer, endloser Schrei, der niemals aus einer asthmatischen Lunge kommen konnte. Er stand auf, schaltete das Licht an und starrte in Joanas Gesicht.

Im selben Moment öffnete sich die Tür, die zum Arbeitsbereich des Hauses führte. Josefina kam herein, mit schnellen, hastigen Bewegungen band sie den Gürtel ihres Morgenrocks zu. Anita folgte barfuß im Unterhemd aus Plüsch.

Kurz darauf erschien Cristina, von Spitze umweht, und fragte, was passiert sei. Sie wirkte keineswegs überrascht, machte eher einen zufriedenen Eindruck. Carlos, der gleich nach ihr in den Raum getreten war, betrachtete schweigend die Szene.

Joana schluchzte:

„Was soll ich jetzt bloß tun? Natürlich habe ich es ihm gesagt, aber welcher Sohn hört heutzutage schon auf seine Mutter?"

„Schon gut", unterbrach Cristina, „ist irgendetwas passiert, dass es gelohnt hat, zu solch einer Stunde das Bett zu verlassen oder nicht?"

„Nichts ist passiert", antwortete Olavo, „ich liebe es mitten in der Nacht mit einer Waffe in der Hand spazieren zu gehen und Hausangestellte in Angst und Schrecken zu versetzen."

„Nun hört Euch das an! Endlich weiß ich, warum Du eine Waffe hast."

Gemeinsam gingen sie in die Küche und nahmen am Tisch Platz, es versprach eine lange Geschichte zu werden. Josefina setzte sogar Wasser für einen Kaffee auf.

Nur mit Mühe entlockten sie Joana die Wahrheit. Ihr Sohn, Ermelindo, hatte Schwierigkeiten mit der Polizei und wollte für einige Zeit untertauchen. Aber wo sollten seine Sachen bleiben? „Wo nur?“, fragte Joana in die Runde, als ob die Anwesenden die besten Verstecke kennen würden.

Dann putzte sie sich die Nase und gestand, dass sie dem Sohn helfen wollte. Einer seiner Freunde hatte ihm die Kiste geliehen. Ermelindo hatte ein paar Kleider, Schuhe, ein Paar Stiefel, eine Decke hineingetan und sie hatten sie im Abstellraum untergestellt.

„Und warum ist die Polizei hinter ihm her?“

„Er hat in einem Laden eine Jacke gestohlen. Irgendjemand muss ihn gesehen und bei der Polizei angezeigt haben. Sein Freund, der ihm die Kiste geliehen hat, hat erfahren, dass die Polizei überall nach Ermê gefragt hat. Leider ist er schon länger bei der Polizei registriert. Er hat schon mehrmals gestohlen: ein Päckchen Zigaretten, einen Regenschirm. Wertlose Kleinigkeiten. Er hat auch mal eine Nacht im Gefängnis verbracht, weil er an einem Tumult beteiligt war. Ich hatte Angst, Sie darum zu bitten, ihn seine Sachen hier unterstellen zu lassen. Wer will schon eine Hausangestellte haben, die ihren diebischen Sohn ins Haus bringt?“

Sie untersuchten Ermelindos Habseligkeiten, die Angaben Joanas schienen zu stimmen. Danach erklärten sie die Nacht für beendet.

5

Am darauffolgenden Tag – einem Samstag - wachte Olavo wie gewohnt früh auf. Aber er war schlecht gelaunt, noch schläfrig und wäre am liebsten länger im Bett geblieben. Dann erinnerte er sich an die Kiste. Irgendetwas, das ihm während des Durcheinanders der letzten Nacht aufgefallen war, alarmierte ihn jetzt. Plötzlich war jede Schläfrigkeit verschwunden, die Sinne hellwach.

Er stand schnell auf und hoffte, dass noch niemand auf den Beinen wäre. Er wollte diese Kiste untersuchen, ohne dass es irgendjemand erfuhr. Doch als er in die Küche trat und Josefinas Stimme hörte, verschwand seine gute Laune.

„Schon auf den Beinen?“, fragte sie.

„Schon auf den Beinen“, antwortete er lakonisch und zwang sich zur Geduld.

Josefina unterbrach überrascht ihre Vorbereitungen für das Frühstück und sah Olavo an. Er musste dringend eine überzeugende Erklärung finden.

„Ich bin aus reiner Gewohnheit früh aufgewacht und wollte eigentlich weiterschlafen. Dann habe ich an das Durcheinander der letzten Nacht gedacht und war plötzlich hellwach.“

Wenigstens das entsprach der Wahrheit.

„Mir ging es genauso. Es ist gut, dass du aufgetaucht bist. Die anderen werden sicher noch im Bett bleiben und ich fühle mich hier ganz verloren, nach allem was passiert ist."

„Na prima, während Du uns einen guten Kaffee kochst, werde ich noch etwas erledigen. Etwas so Unwichtiges, dass ich Angst habe es wieder zu vergessen. Ich gehe in den Abstellraum, habe dort Dünger gesehen, für die Veilchen in meiner Wohnung."

„Veilchen? Sag bloß! Das kann nur der Einfluss einer Frau sein."

„Und wer sagt, dass es nicht so ist?"

Die Augen weit aufgerissen, dachte Josefina über die Vorteile eines solchen Einflusses nach.

„Endlich!", sagte sie schließlich.

Doch Olavo hörte sie nicht. Er war bereits die Treppe hinuntergegangen und maß die Höhe der Kiste. Er steckte den Griff einer Hacke hinein, bis dieser an den Boden der Kiste stieß. Dann markierte er den Rand mit einem Nagel. Außen gemessen war die Kiste, selbst wenn man die Dicke des Holzes abzog, mindestens zehn Zentimeter höher. Sie hatte einen doppelten Boden.

Er nahm eine Hand voll Düngergranulat, wickelte es zum besseren Transport in Zeitungspapier und verließ den Abstellraum. Wieder oben, legte er das Päckchen neben Josefina auf das Waschbecken und verschnürte es.

„Dann ist es also wirklich die Wahrheit."

„Hast Du gedacht ich lüge, he? Eines Tages werde ich ein Haus haben, das von einer dieser Schöner-Wohnen-Zeitschriften fotografiert wird."

Unter dem Vorwand den Dünger einpacken zu wollen, zog er sich zurück.

In seinem Rücken hörte er Josefina rufen:

„In diesem Haus muss man wirklich mit allem rechnen."

Olavo hatte gerade den Dünger zwischen die Azaleen geworfen, als er Cristinas Stimme hörte:

„Du Frühaufsteher!"

„Nicht verwunderlich. Überraschend ist doch eher, dass Du schon vor Mittag auf den Beinen bist."

„Da siehst Du mal wieder, was die Ehe aus einem machen kann."

„Weißt Du, woher ich komme? Aus dem Abstellraum. Ich habe mir diese Kiste noch mal angesehen. Sie hat einen doppelten Boden. Was hältst Du davon, wenn wir sie heute Nacht, wenn alle anderen schlafen, gemeinsam untersuchen?"

„Endlich passiert mal was Aufregendes in diesem Haus!"

„Du bist nicht viel vernünftiger als Elena, wusstest Du das?"

„Und Du weißt gar nicht, wie sehr sie mir fehlt. Ich habe gerade eben, als ich herunterkam, an sie gedacht. Ich habe Gewissensbisse, dass ich sie so selten besuche. Aber das liegt daran, dass wir nicht sehr gut miteinander umgehen können, wenn Antonio in der Nähe ist. Bei einigen Gelegenheiten musste ich mich, wenn ich ehrlich bin, sehr zwingen freundlich zu sein."

„Dann hattest Du mehr Glück als ich, ich muss mich immer zusammenreißen. So sehr, dass ich entschieden habe, nicht mehr hinzugehen. Aber etwas tröstet mich: Früher oder später wird jemand diesen Kretin umbringen."

„Endlich zeigst Du Dich mal umgänglich, Bruder! Wenn Du so weitermachst, wird man sich noch um Deine Gesellschaft reißen."

„Nicht Deine Freunde."

„Aber genau solche Leute brauchst Du. Leute, die anders sind als Du. Außerdem lade ich nicht immer dieselben ein. Keine zermürbenden Wiederholungen. Obwohl ich mich ärgere, für heute nicht doch noch jemanden auf die Gästeliste gesetzt zu haben, einen Biologen, den wir auf einer Reise kennen gelernt haben. Wenn er nicht forscht, widmet er sich lehrreichen Konversationen. An dem letzten Sonntag, an dem er hier war, brachte er uns alles über nachtaktive Raubtiere bei. Du kannst Dir nicht vorstellen, wie viele gefräßige Wesen aller Größen und Gestalten unsere Gärten bevölkern. Die Mondnächte, die Du so romantisch und friedvoll findest, sind in Wirklichkeit Schauplätze unglaublicher Gemetzel."

Sofort erinnerte sich Olavo an eine Werbung, die er vor einigen Tagen per Post bekommen hatte und die dazu aufrief, in Brasilien Urlaub zu machen. „Lernen Sie die Schönheit des Nordostens kennen! Unsere Strände sind die schönsten der Welt!" So etwa in diesem Stil. Eine Liste mit Hotels war beigelegt. In diesem Moment freute Olavo sich, sie erhalten zu haben. Am liebsten hätte er gleich einen Platz für eine der Reisen reserviert.

„Cris, wie viele Kilometer sind es von hier nach Recife genau?“

„Ich geb’s auf. Du hast wirklich keine Ahnung, wie sich ein umgänglicher Mensch verhält. Es wundert mich nicht, dass Du niemanden gefunden hast, den Du heiraten könntest.“

Cristina war bereits im Gehen, als sie sich noch einmal umdrehte:

„Vavá tut mir leid. Ich habe gehört, dass der Platz bald gemacht werden wird. Vielleicht kannst Du den Armen davon überzeugen, hier zu wohnen. In dem Zimmer, in dem vorher der andere Gärtner gewohnt hat.“

6

Auf dem Gelände, das für den Platz vorgesehen war, befanden sich alte Bäume und ein Bambusdickicht. Dazwischen stand die armselige Hütte von Vavá. Der Boden um sie herum, über viele Jahre von Füßen festgetrampelt, war hart wie Asphalt. Alles war sauber gefegt. In einer Umzäunung aus Bambus und Lianen scharrten ein paar Hühner.

Olavo näherte sich der Hütte.

Ein kleiner Hund bellte und wedelte gleichzeitig mit dem Schwanz, glücklich über den Besuch. Vavá erschien, lächelte und nahm den Hut ab.

„Grad hab ich den Hühnern Mais gegeben. Aber ich komme schon!“

„Samstagnachmittags brauchst Du nicht zu kommen, hast Du das vergessen? Ich bin nicht gekommen, um Dich zu holen. Ich wollte wissen, wie die Party war. Hast Du Dich betrunken?“

Vavá antwortete nicht. Er lächelte noch immer, schaute dabei jedoch verschämt auf den Boden.

„Sieh her, was ich Dir mitgebracht habe. Die andere Flasche war bereits halb leer, aber diese hier ist noch ganz voll.“

Vavá riskierte einen kurzen Blick und schaute danach wieder auf den Boden.

„Nimm sie! Sie ist für Dich.“

Er griff nach dem Schnaps.

„Zeig mir Dein Haus!“

Die Hütte war winzig und bestand aus einem einzigen Raum. Es gab nur wenige Einrichtungsgegenstände, aber sie waren sauber und die Decke war über dem Bett glatt gestrichen.

„Cristina sagt, dass Du sehr eigensinnig bist. Wohnst Du gerne hier?“

Vavá nickte bejahend mit dem Kopf. Und sah stolz um sich. Olavo fühlte sich wie ein Feigling. Fast hätte er sich umgedreht und wäre gegangen. Aber was für einen Sinn machte es, die Dinge aufzuschieben?

„Du weißt, dass sie den Platz bauen werden, nicht wahr?“

„Ich zieh hier nicht weg.“

„Sie werden sogar das Bambusdickicht roden.“

Olavo fühlte sich miserabel.

„Was hältst Du davon drüben bei Cristina zu wohnen?“

Vavá antwortete nicht.

„Überleg' es Dir. Du kannst alles mitnehmen, was Dir gehört.“

Vavá beobachtete Olavos Gesicht genau, als wollte er die Glaubwürdigkeit seines Versprechens abwägen.

„Alles?“

„Na klar!“

Vavá begann seinen Hut zu kneten, wie er es immer tat, wenn er nervös war.

„Joana mag keine Hunde. Sie erlaubt mir nie, ihn mit in den Garten nehmen, selbst wenn ich am anderen Ende des Grundstücks arbeite, weit weg vom Haus.“

„Sie ist bloß eifersüchtig. Wahrscheinlich hätte sie auch gerne so einen Hund.“

„Gut, dass sie keinen hat.“

„Wenn Du dort wohnen würdest, müsste der Hund ebenfalls mitkommen. Und dann wäre er immer bei Dir. Jetzt ist er den ganzen Tag allein, der Arme.“
Der Hut bewies unerwarteten Widerstand.

“Und Dona Cristina?”

„Sie wird ihm eine Hundehütte kaufen.“

„So eine wie die, die man in den Geschäften sieht?“

„Genauso eine.“

„Das Gesicht der Alten möcht' ich sehen!“

7

Adélia kam um zehn. Sie wohnte allein, in einer Wohnung in der Stadtmitte. Eigentlich war sie Carlos Sekretärin, bot jedoch manchmal ihre Hilfe an, wenn Cristina Gäste hatte. *Eine Mischung aus Butler und Schutzengel*, sagte Joana und bezeichnete damit treffend Adélias Stellung.

Cristina sah ihr Auto kommen und sagte zu Olavo:

„Arme Adélia! Sie macht auf mich den Eindruck, als hätte man sie nach ihrer Geburt mit Gummi überzogen."

Und bevor Olavo sich dazu äußern konnte, fügte sie hinzu:

„Optimal für mich ist, dieser Typ Mensch versucht alles mit Effizienz auszugleichen."

Olavo ging in sein Zimmer hinauf und blieb vor dem Fenster stehen. Zerstreut betrachtete er den Hang, der friedlich vor ihm lag, die Gruppe Azaleen und im Halbschatten die Fächer der Palmen. Ruhe und Frieden. Der Streit mit Antonio, die Sorgen, die er sich um Elena und die Eingeladenen gemacht hatte, alles schien weit entfernt und übertrieben.

Er pfiff ein Lied, dasselbe, das er als Kind gepfiffen hatte. Als er später, schon etwas in Eile, an Cristinas Zimmer vorbeiging, hörte er Gemurmel. Ohne nachzudenken klopfte er um zu fragen, ob die anderen schon eingetroffen wären. Die Stimmen verstummten. Und er bereute es, geklopft zu haben.

„Komm herein", rief Cristina.

Er öffnet die Tür nur einen Spalt und streckte den Kopf hindurch.

„Ich will nicht stören. Ich wollte nur wissen, ob die anderen schon angekommen sind."

„Komm herein. Ich gehe mit Dir hinunter. Bin fast fertig."

Cristina saß vor einer Kommode und ihre Hand ruhte auf dem Rand einer offenen Schublade. Adélia stand am Fenster und schaute unbeweglich, mit hängenden Schultern und in die Ferne schweifendem Blick, hinaus.

Langsam schob Cristina die Schublade zu. Sie lächelte merkwürdig und als sie ihm das Gesicht zuwandte, zeichnete sich eine beinahe boshafte Erwartung darauf ab.

Olavo hatte das Gefühl in der Falle zu sitzen. Er rührte sich nicht von der Stelle. Er wusste, dass er sich auf der Schwelle zu einer anderen Welt befand. Der Welt, in der alle anderen Menschen dieses Hauses lebten. Und zu der er niemals Zutritt haben würde. Es war ein absurdes, niederschmetterndes Gefühl, wie in einem Alptraum.

„Gehen wir?" fragte Cristina.

Die Stimme seiner Schwester riss ihn aus seinen Gedanken und alles erschien ihm wieder einigermaßen normal. Sie gingen die Treppe hinunter. Adélia blieb allein im Zimmer zurück.

„Wusstest Du, dass Fernando bereits angekommen ist?"

„Der, mit dem Du mal befreundet warst? Dein Beinahe-Ehemann, sozusagen?"

„Soweit ist es nicht gekommen."

„Wie, soweit ist es nicht gekommen? Du hast den Armen jahrelang zum Narren gehalten und danach mir nichts, dir nichts gegen Carlos ausgetauscht. Wie kommt es, dass er trotzdem hierher kommt?"

„Sei nicht so dramatisch."

„Aber es ist die Wahrheit."

„Wenn er sich nicht wohlfühlen würde, würde er nicht kommen. Also warum machst Du Dir darüber Gedanken?"

Fernando war schlank, hatte gute Manieren und mochte sportliche Kleidung. Mit zweiunddreißig Jahren war es ihm aus eigener Kraft gelungen, auf dem Weg zu Reichtum zu sein. Er begrüßte Olavo gerade, als Sandra und Bruno ankamen. Bruno, ein großer Mann, dessen Krawatte immer schief hing, liebte es anderen auf die Schulter zu klopfen und Witze zu erzählen. Sandra hatte als Model gearbeitet und war sanft wie ein Lamm. Sie streckte Carlos die Hand entgegen und sagte knapp:

„Wie geht's?"

Dabei betrachtete sie ihn prüfend und Olavo hatte das Gefühl, als spräche sie über Carlos Haare, die langsam grau wurden. Doch dann fuhr sie fort:

„Was machst Du bloß, dass Du nie älter wirst?"

Bruno klopfte dem Freund bereits den Rücken und brüllte:

„Derselbe Bengel wie immer. Verrat mir Dein Geheimnis!“

Olavo rechnete ihn zur Gruppe der geborenen Komplimentemacher.

Während die drei Anderen sich lebhaft unterhielten, suchte Olavo seine Schwester, die in der Küche die Vorbereitung der *salgadinhos*, der frittierten und mit Fleisch, Fisch oder Gemüse gefüllten Häppchen, beaufsichtigte.

„Cris, Du, deren Leben daraus besteht, die Nase in die Angelegenheiten anderer Leute zu stecken, kannst Du mir vielleicht sagen, warum ein Mädchen wie Sandra jemanden wie Bruno geheiratet hat?“

„Ein Mensch wie sie braucht Geld, um zu leben.“

„Wir alle brauchen es, wenn auch nicht ganz so dringend wie sie, möglicherweise.“

„Und verfügbare Männer mit Geld“, fuhr Cris fort, „findet man nicht jeden Tag.“

„Aber wieso gerade er? Er ist ganz anders als sie!“

„Und warum nicht? Er ist so geistreich! Außerdem treu wie ein Hund. So treu, dass keiner glaubt, dass sie verheiratet sind.“

Nachdenklich kehrte Olavo ins Wohnzimmer zurück.

Es klingelte. Mirta und Teodoro standen vor der Tür.

Téo und Carlos waren Teilhaber gewesen. Aber die Firma hatte wegen Téos waghalsigen, unvernünftigen Investitionen viel Geld verloren, woraufhin Carlos die

Auflösung der Gesellschaft verlangte. Doch Teodoro machte so weiter wie bisher. Nach kurzer Zeit war er zahlungsunfähig, jetzt kämpfte er in bescheidenerem Rahmen.

Cristina ging am Bruder vorbei und kommentierte flüsternd:

„Wie dünn der arme Téo ist!"

Da Mirta keine Kinder hatte, belegte sie den Ehemann voll mit Beschlag, gehorchte ihm jedoch in Haushaltsfragen, weshalb er sich als Herrscher fühlen konnte. Was Cristina zu der Bemerkung veranlasste: *Mirta lebt nicht mit ihrem Mann zusammen, sie verwaltet ihn.*

Es war noch keine Stunde vergangen und alle unterhielten sich so angeregt, dass Olavo sich fragte, ob diese Gäste jemals wieder gehen würden. Und konsterniert erinnerte er sich daran, wie sehr er seine Schwester für ihre Auswahl kritisiert hatte. In diesem Augenblick landete Brunos Pranke auf seiner Schulter, dass dieser beinahe das Glas fallen ließ.

„Und, was gibt's Neues?"

Olavo richtete sich auf, bereit alle Möglichkeiten zur Rettung Brasiliens anzuhören. Aber Bruno schwieg, nachdem er die Frage gestellt hatte. Er beobachtete Sandra und Carlos, die sich auf der anderen Seite des Wohnzimmers unterhielten. Sein Blick war nicht wirklich feindselig, aber sehr eindringlich. Wie durch telepathische Kräfte herbeigerufen, kamen die beiden näher und Sandra fragte:

„Was haltet Ihr von der Wiedergeburt? Wir haben gerade darüber gesprochen.“

„Ich habe noch nie viel über dieses Thema nachgedacht“, antwortete Olavo, „deshalb kann ich dazu nichts sagen.“

„Ich“, fügte Sandra hinzu, „würde gerne wieder als Frau geboren werden. Aber mit naturblonden Haaren.“

Sie lachte und Olavo, den dieses Eingeständnis beunruhigte, versuchte abzuschätzen, wie viel sie schon getrunken hatte.

„So etwas brauchst Du nicht zu sagen. Niemand hätte je daran gezweifelt“, bemerkte er.

„Und das sagst Du mir erst jetzt?“

„Ich“, sagte Fernando, „würde gerne wieder als Mann geboren werden. Aber mit Geld. Um die Jugend nicht ins Studium und die Arbeit stecken zu müssen. Und mir würde mehr Zeit zum Nachdenken bleiben."

Während er sprach, schaute er zu Cristina.

„Ein vernünftiger Wunsch“, äußerte sich Téo, „und Du, Bruno?“

„Ich würde gerne als Telepath geboren werden. Und Wahrsager. Nicht schlecht, bei jeder Gelegenheit zu wissen, was die anderen denken.“

Er blickte zu Carlos. Der verlor die Fassung. Sandra hörte auf zu lächeln. Cris schien glücklicher denn je.

„Eine ethische Diskussion dieses Themas ist hier nicht angebracht“, sagte Fernando, „aber ich glaube, dass jeder Mensch, der eine solche Gabe besitzt, einige Verwirrung stiften könnte."

Olavo, der sich in diesem Moment genau an die Frau aus dem Flugzeug erinnerte, rief laut dazwischen:

„Dessen bin ich mir sicher!"

Bruno schaute ihn ungläubig an. Carlos hörte auf, auf seinem Kanapee herumzukauen. Sogar Fernando war von einer solch vehementen Solidarität überrascht.

„Gut", sagte Carlos, und unterbrach damit die allgemeine Verlegenheit, „ich lege jetzt das Fleisch auf den Grill."

Fernando begleitete ihn.

Olavo ging in eine Ecke der Terrasse, die von zwei verglasten Wänden gebildet wurde und von wo aus man den seitlichen und hinteren Teil des Gartens, in dem sich auch der Grill befand, sehen konnte. Dabei dachte er darüber nach, ob Fernando hinter all seiner Liebenswürdigkeit nicht doch Groll gegen Carlos hegte. An einem Motiv mangelte es nicht.

Carlos steckte Fleischstücke auf die Spieße. Fernando ging zur Garage. Kurz darauf fuhr er das Auto direkt vor den Grill. Olavo fühlte, wie sein Hals trocken wurde. Das Auto brummte, die Scheinwerfer sahen aus wie Augen, die in der Sonne glänzten, genau wie die der dänischen Dogge. Dieselbe Hartnäckigkeit, dieselbe Entschlossenheit. Das Auto machte einen Satz nach vorne.

„Carlos!", schrie Olavo und klopfte gegen die Frontscheibe.

Das Auto blieb stehen.

Im Wohnzimmer schwiegen alle vor Schreck.

„Donnerwetter!“ sagte Bruno, „ist der Typ immer so stürmisch?“

„Die wenigen Male, bei denen ich ihn getroffen habe, erschien er mir eher zurückhaltend“, erklärte Téo.

Draußen bewegte sich Carlos kaum. Nur sein Zeigefinger pendelte zwischen Bein und Auto um den Abstand zu verdeutlichen.

„Du hast verloren“, sagte er, „maximal dreißig Zentimeter waren abgemacht.“

Er streckte die offene Hand aus.

„Ich tauge nichts mehr“, brummelte Fernando und besiegelte die Wette mit einem Handschlag.

Wieder erinnerte Olavo sich an die Vision der Frau im Flugzeug, verärgert beschloss er ins Schwimmbad einzutauchen. Er drehte ein paar Runden, bis er eine wohltuende Erschöpfung verspürte. Dann legte er sich auf eine Luftmatratze und betrachtete die Wolken. Obwohl ihn die Helligkeit blendete, sah er Sandra an einem Fenster des zweiten Stocks stehen. Sie lehnte sich aus dem Fenster, als würde sie jemanden suchen. Die Hände hatte sie auf die Fensterbank gestützt, an ihnen baumelte ein roter Badeanzug. Das Kleidungsstück schaukelte leicht hin und her, wie eine riesige rote Zunge, die die Wand ableckt. Finger erschienen auf ihrer Schulter, danach die ganze Hand. Sie drehte sich um und dabei neigte sich ihr Körper noch weiter aus dem Fenster. Olavo, der vergessen hatte, dass er auf dem

Wasser trieb, sprang auf. Blasen blubberten hervor, bis er das Gleichgewicht wiedererlangt hatte. Sandra entfernte sich vom Fenster, Brunos Arm um ihre Schulter gelegt.

8

Olavo ging hinauf in sein Zimmer, um sich umzuziehen. Das Mittagessen war fast fertig. Der Geruch des gegrillten Fleisches versetzte die Gäste in freudige Erregung. Cristina war in ihrem Zimmer. Die Tür stand sperrangelweit offen. Mit einer Hand durchwühlte sie einen Stoß T-Shirts, in der anderen hielt sie eine Zigarette, die Carlos Kleidung einräucherte.

„Warum sind Männer nicht in der Lage ihre eigenen Sachen zu finden?", fragte sie, als sie ihren Bruder erblickte.

„Cris, ich bin mit den Nerven am Ende."

„Das hab ich gemerkt."

„Ich weiß auch, warum ich nicht einfach weggehe: irgendein Kindheitstrauma zwingt mich in der Nähe zu bleiben, Dich zu beschützen, wenn sich das Haus mit exzentrischen Menschen füllt."

„Der einzige, der sich seltsam benimmt, bist Du. Ohne Dich beleidigen zu wollen, muss ich zugeben, dass ich wegen Deines Verhaltens ein bisschen verlegen bin."

„Dann sag mir bitte: wer von ihnen will jemanden umbringen?"

„Damit Du Deine Nase überall hineinsteckst? Wäre es eine Frau, würdest Du einen Konflikt auslösen, wäre es ein Mann, würde Dein Verhalten völlig falsch interpretiert werden."

„Sei nicht boshaft. Ich kann sehr diskret sein."

„Das hat man gemerkt."

Sie fand das gesuchte T-Shirt und schüttelte es, um es auseinanderzufalten. Die andere Hand hinterließ ein Zickzackmuster aus Rauch in der Luft.

„Ich bereue es schon fast, dass ich Dir vertraut habe“, fuhr Cristina fort, „damit habe ich nur erreicht, dass Du Dich aufführst, als wäre einer meiner Freunde in der Lage, hier einen anderen umzubringen. Hier!“, wiederholte sie ungläubig.

„In meinem eigenen Haus solch ein Durcheinander zu verursachen! Im Wochenendhaus am See, vielleicht. Aber hier! Niemand wäre so rücksichtslos.“

Das Duschwasser prasselte auf Olavo herab, der seine Gedanken nicht von dem gerade von seiner Schwester erwähnten Ort losreißen konnte. Die Zufahrt vom Haus bis zur Asphaltstraße war sehr schlecht, weil alle, die dort ein Wochenendgrundstück hatten, es so wollten. So konnten sie verhindern, dass der Weg von zu vielen Ausflüglern genutzt wurde. Hatte man endlich die Asphaltstraße erreicht, waren es nur noch zwanzig Kilometer bis in die Stadt. Cristina selbst hatte den Bau des Wochenendhauses und der Bootsgarage überwacht. Eines Nachmittags, als die Bauarbeiten beendet waren, hatte sie ihn eingeladen, mit dem Boot rauszufahren. Sie hielten in einer Bucht am Fuß eines alten Feigenbaumes. Die Sonne verschwand schon hinter den riesigen Bäumen und die verschwimmenden Farben ließen die Landschaft übernatürlich schön erscheinen. Es wehte eine leichte Brise. Das Wasser war glatt wie ein Spiegel, Schatten erstreckten sich darauf. In der absoluten Stille ertönte ein kurzer Peitschenhieb über dem Wasser. Danach noch einer, ein bisschen weiter vorne. Es waren Fische, die in der Abenddämmerung Insekten jagten.

„Hast Du das gesehen?“, fragte sie.

„Die Fische nicht. Nur die Blasen auf dem Wasser.“

„Weißt Du, was Carlos sagt? Wenn jemand einen Unfall hätte und sich den Kopf stoßen würde und dann in den See fiele, würde sich das Wasser über dem Körper schließen und er würde nie wieder gesehen werden! Schon ein kleiner Schlag auf den Kopf würde genügen, gerade genug um ein paar Minuten Bewusstlosigkeit auszulösen.“

Ihre Worte zerstörten den Zauber. Die Schatten auf dem See wurden unheimlich, als würden sie den Schrecken der Ertrunkenen verbergen. Die Sonne ging schnell unter, rasch verblassten die Farben. Der Ruf einer Waldtaube hallte in der Stille wider. Danach ein Piepsen, das Echos auslöste. Ein feuchter, kühler Lufthauch erhob sich. Cristina beobachtete den Bruder und fing an zu lachen, dann startete sie den Motor.

Jetzt, unter der Dusche, kehrte das Gefühl, das er am See gehabt hatte, so stark wieder, dass ihm die Umarmung des Wassers wie ein flüssiges Grab vorkam.

„Was ist los?“, rief Sandra von der Treppe herab, „braucht der charmante Single noch lange?“

„Ich bin fertig, komme schon.“

„Umso besser, es gibt gleich Essen!“

Carlos und Fina hatten höchstes Lob verdient. Er wegen des gegrillten Fleisches und sie für die bunten, leckeren Salate. Vom Eis, das Adélia gebracht hatte, blieb nichts übrig. Die Gastgeberin servierte den Kaffee und strahlte über die Freude der Gäste.

„Wie schade, dass Carlos heute zur Hütte fahren muss“, bedauerte Mirta, „er unterhält sich so prächtig!“

Schon wieder durchlief Olavo ein eiskalter Schauer. Und das lag nicht am Eis.

„Zum Wochenendhaus?“, fragte er.

„Wir haben im Wohnzimmer so viel darüber gesprochen“, sagte Cristina, „ich dachte, Du wüsstest Bescheid. Carlos fährt zur Hütte um den Motor wieder am Boot anzubringen.“

„Fernando hat sich die Lorbeeren verdient“, fügte Carlos hinzu, „als wir letztes Mal dort waren, konnte ich den Motor nicht zum Laufen bringen. Deshalb hatte ich ihn hierher gebracht und Fernando hat tatsächlich den Defekt in wenigen Minuten gefunden. Heute hat er das Ersatzteil mitgebracht.“

„Es geht nichts über einen Elektroingenieur als Freund“, rief Bruno, als würde es ihn freuen, endlich einen guten Grund für Fernandos Anwesenheit gefunden zu haben.

„Sollen wir, Fernando?“, fragte Carlos, „wir machen noch einen Test und wenn alles gut läuft, nehme ich den Motor mit und baue ihn noch heute ein. Morgen, wenn alle angekommen sind, kann es dann gleich losgehen."

Cristina legte los: „Ich liebe es, Wasserski zu fahren! Eine kleine Wette, Sandra? Zehn Runden, vom Lagerschuppen bis zum kleinen Strand."

„Fünf. Ich bin nicht im Training."

„Und Téo hat gewettet, dass er den größten Fisch fangen wird, stellt Euch das bloß vor!"

„Ich werde gar nicht in seine Nähe kommen. Es graust mich, den armen Fisch am Angelhaken zappeln zu sehen."

Olavo zog sich in Carlos Arbeitszimmer zurück, das gleichzeitig als Bibliothek diente. Er fing an die Buchtitel zu lesen. In der nächsten Nacht würde es schwierig werden zu schlafen. Ein gutes Buch würde die Zeit verkürzen. Carlos öffnete die Tür, eine neue Angelrute in der Hand.

„Wie findest Du sie? Ich habe sie letzte Woche gekauft und dann im Büro vergessen, aber Adélia hat sie heute mitgebracht. Ich sag's ja immer: Eine wie sie finden wir nie wieder!"

Er zog eine riesige Schublade auf.

„Diese Schublade ist meine Schatztruhe."

Dort drinnen fand sich alles. Angelkurbeln, Echolot, Fernglas, künstliche Köder, Schachteln mit schief aufgesetzten Deckeln und andere aus durchsichtigem Plastik, in denen die Angelhaken aufbewahrt wurden. Er nahm eine zerknitterte Schirmmütze heraus und versuchte, die Schublade wieder zu schließen. Sie leistete Widerstand. Er kniete sich hin und bewegte den Arm zwischen dem Inhalt hin und her, auf der Suche nach dem Gegenstand, der das Schließen der Schublade verhinderte.

„Es wundert mich nicht, dass Du hier Dein privates Reich hast. Cris würde es niemals wagen auch nur die Fingerspitze dort hineinzustecken."

„Das ist der Vorteil. Schließlich braucht jeder Mann in seinem Haus wenigstens ein paar Zentimeter nur für sich", bekräftigte er und ging eilig hinaus.

Cristina kam ins Arbeitszimmer und schloss die Tür. Olavo seufzte und wusste, dass die Chancen immer geringer wurden sich in Ruhe ein Buch auszusuchen, das ihm gefiel.

„Was für eine Ruhe!", sagte sie, und setzte sich in einen bequemen Sessel. Wohlig streckte sie die Beine aus, wie jemand, der sich wirklich erholen wollte.

„Ich habe Carlos mein Auto geliehen, es ist größer. Aber ich werde mich nicht darum reißen, all diese Gerätschaften einzuladen. Ich habe Bruno, der seine Hilfe angeboten hat, den Auto- und den Garagenschlüssel gegeben."

Olavo strich mit dem Finger über die Buchrücken in den Regalen um anzudeuten, dass er dabei war, ein Buch auszusuchen. Cristina tat so, als hätte sie nichts bemerkt und fuhr fort:

„Ich habe über diese Kiste im Keller nachgedacht. Es war sehr gut, dass Du es niemandem erzählt hast. Eine Sache wie diese würde leicht zu Gerede führen und Joana würde trotz der Heulerei und allem so schnell wie möglich losrennen um Ermê zu warnen. Und ich habe das Gefühl, dass die Polizei einiges mit ihm zu bereden haben wird, wenn sie herausfinden, was unter dem falschen Boden versteckt ist."

„Ich habe auch über einige Dinge nachgedacht."

„Ach ja?"

„Egal, aus welchem Grund Du diese Leute eingeladen hast", Olavo zeigte mit dem Finger Richtung Wohnzimmer, „ich muss zugeben, sie amüsieren sich."

„Siehst Du? Du verbringst so viel Zeit in Deinem fürchterlichen Büro, dass Du sogar vergisst, dass das Leben existiert."

„Aber hier, weg von ihnen, habe ich angefangen mir Gedanken über gewisse Einzelheiten zu machen. Zum Beispiel Adélia. Sie ist so still, dass, würde sie eines Tages ein Verbrechen begehen, niemand daran denken würde sie zu verdächtigen."

„Ihre Fähigkeiten beschränken sich tatsächlich auf die Routinearbeiten. Sie wird niemals eine bessere Position innehaben."

„Noch hätte sie den Mut es zu versuchen. Würde ein Mensch wie sie in einem Moment der Wut jemanden umbringen, würde sie dann noch die Unverfrorenheit besitzen den Schein zu wahren, die nötige Ruhe um keine Zweifel zu wecken? Ich glaube nicht. Wohingegen sich Sandra, würde sie ein Verbrechen begehen, nicht so leicht verraten würde. Sie ist eine begnadete

Schauspielerin. Heute hat sie mit großer Aufmerksamkeit Deinen Ehemann beobachtet. Er ist zehn Jahre älter als Du, was ihn natürlich noch nicht zu Alteisen macht. Aber er ist weit davon entfernt, ein attraktiver Vierziger zu sein. Mit den Fältchen um die Augen und dem fast weißen Haar erscheint er viel älter, als er ist. Aber sie hat gar nicht aufgehört sein jugendliches Aussehen zu bewundern. Und sie hat es auf eine Art getan, die Carlos überzeugt hat. Ich habe es an seinen Bewegungen gesehen. Allerdings hat sie auch Bruno überzeugt, den eigenen Ehemann. Den eigenen Ehemann, verstehst Du!", wiederholte er, als wäre er froh, nicht verheiratet zu sein.

„Ich kann kaum glauben, dass Du so einfältig bist. Sandra hat es ehrlich gemeint. Sie hält Carlos wirklich für jung, denn sie glaubt immer, was sie glauben will. Übrigens wundert es mich nicht, dass sie sich von Carlos angezogen fühlt."

„Ausgerechnet Carlos!"

„Gegensätze, wenn Du weißt, was ich meine? Bruno ist sehr sympathisch, aber immerzu einen Witzbold an seiner Seite ertragen zu müssen, ist nicht einfach. Carlos ist schweigsam. Eine Erholung für die Ohren. Ich selbst war von seiner eleganten Zurückhaltung fasziniert, als ich ihn kennenlernte. Ich habe ihn sogar gegen Fernando eingetauscht, stell Dir bloß vor! Bis ich herausfand, dass er so schweigsam ist, weil er nichts zu sagen hat. Da bin ich fast gestorben!", schloss sie mit einem Seufzer.

Olavo stellte sich vor, dass Cristina wegen eines anderen Menschen sterben würde und zwang sich, nicht zu lachen. Sie fuhr fort:

„Was Bruno betrifft, hat er nichts Glaubwürdiges an sich. Aber immerhin hat er Carlos auf sein genaues Alter geschätzt."

„Bruno?"

„Natürlich! Er kommt einem ein bisschen doof vor, seine laute Art macht es unmöglich, ihn richtig einzuschätzen. Das tut er absichtlich."

Olavo merkte, dass er sich auf unbekanntem Terrain bewegte. Er ging zum Fenster und schaute in den Garten. Es war Spätnachmittag und das Schwimmbad leuchtete aquamarinfarben in der Mitte des Rasens.

„Und Du, Cris, fasziniert Dich Fernando nicht doch noch ein bisschen?"

„Jede Frau würde etwas für Fernando empfinden. Er strahlt Sicherheit und gleichzeitig auch eine gewisse Hilflosigkeit aus, die in Frauen den Wunsch weckt, an seiner Seite zu sein."

Olavo merkte, wie er neidisch wurde.

In der Zwischenzeit hatte Bruno Fernando in eine Ecke des Gartens gerufen, um ihm etwas vorzuschlagen:

„Ich habe über etwas nachgedacht. Carlos fährt mit Cris' Auto, damit er mehr Stauraum hat. Sie hat mir sogar die Schlüssel gegeben um Carlos zu helfen. Das hat mich auf eine Idee gebracht. Er hat immer damit angegeben, dass er weder eifersüchtig noch misstrauisch oder ein Macho ist."

„Das stimmt."

„Also lass uns doch einen raffinierten Liebesbrief entwerfen, der mit Dein für immer, in ewiger Liebe oder irgend so was endet. Dann zerknüllen wir ihn und legen ihn, als wäre er schon ewig dort, in Cris' Handschuhfach. Und danach bieten wir Carlos an ihm beim Einladen des Autos zu helfen und legen das Päckchen mit den künstlichen Ködern auf den Brief. Ich kenne Carlos. Er wird es sich nicht verkneifen können zu lesen, was auf diesem Papier steht."

„Keine schlechte Idee!"

„Schade, dass wir nicht dabei sein können um seine Reaktion zu sehen. Auf alle Fälle werden wir sein Verhalten gegenüber Cris den ganzen Tag lang beobachten. Und gegen Ende des Nachmittags rufen wir alle zusammen und erzählen die Geschichte."

„Gut ausgedacht. Eine kleine Überraschung um die Langeweile im Wochenendhaus zu vertreiben."

Unter Gelächter verfassten sie einen kurzen, aber phantasievollen Brief. Fernando, der die ausdrucksvollere Schrift besaß, schrieb ihn ins Reine, zerknitterte das Papier ein bisschen und legte ihn an den ausgewählten Platz.

Bruno ließ den Amethystanhänger mit Auto- und Garagenschlüssel baumeln, den Cris ihm gegeben hatte. Es war wirklich schade, dass sie Carlos Reaktion beim Lesen des Briefes nicht beobachten konnten. Er war in sein Zimmer hinaufgegangen, um sich umzuziehen und kam in Bermudas und Turnschuhen zurück.

„Cris hat mir die Schlüssel gegeben. Wir helfen Dir."

Sie verstauten den Bootsmotor und die Angelruten im Kofferraum.

„Das Päckchen mit den Ködern lege ich besser ins Handschuhfach, was meinst Du?", fragte Fernando.

„Prima. Diese Verpackungen zerreißen sehr leicht und ich habe keine Lust, Angelhaken und Köder im Kofferraum aufzusammeln. Ganz zu schweigen davon, dass Cris sich die Finger an einem vergessenen Angelhaken stechen könnte."

Bruno und Fernando waren sichtlich erfreut, dass Carlos, der bislang allem zugestimmt hatte, sich von ihrer Vorfreude anstecken ließ.

„Es wird ein tolles Wochenende am See werden. Ich habe das Gefühl, dass wir uns prächtig amüsieren werden."

Und sie schlossen Wetten ab: Wer den größten Fisch fangen und wer am weitesten schwimmen würde.

Plötzlich tauchte Sandra auf und die Männer verstummten.

„Es tut mir leid, Dich zu unterbrechen", sagte sie zu ihrem Mann, „aber es gibt ein Problem."

„Was ist passiert?"

„Ich habe vergessen einen neuen Film zu kaufen und auf dem, der im Apparat ist, sind nur noch zwei Bilder."

„Reg' Dich nicht auf, meine Liebe, ich fahre in die Stadt und kaufe einen."

„Tust Du das? Du bist ein Schatz!"

Fernando entschied sich, mitzukommen. Noch hielt sie die Euphorie über den für Carlos ausgeheckten Scherz in Wallung und dieser kleine Ausflug schmeckte nach Komplizenschaft.

Cristina hielt sich noch immer im Arbeitszimmer ihres Mannes auf und störte Olavo bei seiner Suche nach einem Buch, sodass dieser sie schließlich resigniert aufforderte:

„Sollen wir schauen, ob Carlos abfahrbereit ist?"

Sie gingen in den Hof, wo Carlos vorsichtig Werkzeuge in Zeitungspapier einwickelte. Téo las die Zeitung.

Plötzlich verkündete Cristina aufgeregt:

„Du wirst mich umbringen, Carlos, aber mir ist gerade etwas eingefallen!"

„Was?"

„Im Reserverad ist ein Loch. Und ich habe vergessen, es reparieren zu lassen."

„Das hat gerade noch gefehlt!", rief Carlos mit solchem Nachdruck, dass Téo die Zeitung sinken ließ.

„Was ist los?"

„Das Ersatzrad hat ein Loch. Es ist zu riskant, eine so weite Strecke ohne Reserverad zu fahren. Aber wo sollen wir um diese Zeit einen Reifendienst finden? Noch dazu, wo ich es eilig habe."

„Kein Problem", warf Olavo ein, „der Außenbordmotor passt auch in Deinen Kofferraum. Man muss nur wissen wie."

„Um was wetten wir?", fragte Téo.

In einer halben Stunde hatten sie alles in Carlos Auto gepackt. Er verabschiedete sich und während er durch das Tor fuhr, winkte er lächelnd, bevor er nach rechts abbog.

Olavo ging hinaus um einen Spaziergang zu machen. Bei seiner Rückkehr traf er Adélia, die gerade in ihr Auto stieg.

„Bleibst Du nicht zum Abendessen?"

„Ich bin sehr müde und morgen fahren wir früh los."

„Ja, Du wirkst erschöpft. Erhol' Dich gut!"

9

Um Mitternacht war es im ganzen Haus ruhig, nur in der Küche wartete Cristina auf ihren Bruder.

„Schlafen schon alle?“

„Ich hoffe es. Schließlich musste Bruno heute fast dreihundert Kilometer fahren, Téo mehr als zweihundert. Und morgen werden wir früh aufstehen.“

Sie machten sich auf den Weg in den Abstellraum.

Sie trauten ihren Augen kaum. Der doppelte Boden enthielt Diamanten, die ein Vermögen wert waren, Armbänder und Ketten aus Gold sowie Ringe und Broschen.

„Stand nicht in der Zeitung, dass ein Juweliergeschäft im Stadtzentrum überfallen wurde?“

„Wenn die Polizei deswegen hinter ihm her ist, wundert es mich nicht, dass Ermê seiner Mutter zugesetzt hat, um ein sicheres Versteck zu finden.“

„Ich glaube nicht, dass er jemand ist, der einen Raubüberfall verübt, einen Einbruch oder irgendetwas in der Art“, sagte Cristina, „dafür fehlt ihm der Mut. Hat Joana nicht gesagt, dass jemand Ermê gesehen hat, als er die Jacke gestohlen hat und dass derjenige es der Polizei gemeldet hat? Und wollte Ermê sich nicht aus Angst verstecken? Mit Hilfe einer Kiste, die ihm ein Freund geliehen hat? Ich halte das für eine merkwürdige Geschichte. Aber langsam fügen sich die Dinge zusammen: Ein schlauer Verbrecher versetzt Ermê in Schrecken, leiht ihm die Kiste - natürlich ohne ihm zu erzählen, was sich im doppelten Boden befindet. Es muss jemand sein, der Ermê sehr gut kennt und der weiß, dass er immer gleich zu seiner Mutter rennt. Und welcher Ort wäre besser geeignet, um die Diebesbeute zu verstecken, als dieses Haus?“

„Und was machen wir jetzt? Natürlich müssen wir die Polizei rufen. Aber um diese Uhrzeit? Das Durcheinander würde das ganze Haus aufwecken und allen den Schlaf rauben.“

„Aber wenn wir morgen früh die Polizei rufen, müssen wir warten, bis sie hier sind. Bis wir dann alles, was geschehen ist, erklärt haben und auch noch Joana ihren Teil der Geschichte erzählt hat, mit Heulerei und allem, ist der halbe Tag gelaufen. Das können wir mit Gästen, die von weit her gekommen sind, nur um hier in Ruhe ihr Wochenende zu verbringen, nicht machen.“

„Lassen wir alles, wie es ist. Und um zu verhindern, dass der Gauner mitten in der Nacht zurückkommt um die Juwelen zu holen, legen wir alles in den Safe. Das Schlimmste, was passieren kann, ist, dass er auftaucht, herausfindet, dass er entdeckt wurde und für immer abhaut. Aber wir hätten weiterhin Ermê als seinen Komplizen. Freiwillig oder nicht.“

„Ich glaube kaum, dass das passieren wird. Hat Ermê nicht gesagt, dass die Polizei hinter ihm her ist? Ich halte es für das Beste, wir lassen die Sache ruhen, bis sich die Aufregung gelegt hat.“

Sie schnürten die Juwelen in einem Paket zusammen und legten sie in den Safe.

Olavo öffnete die Tür des Arbeitszimmers, trat einen Schritt ins Wohnzimmer und blieb dann plötzlich stehen. Mirta stand auf der Treppe zum zweiten Stock, die linke Hand am Treppengeländer. Eine Besonderheit in ihrer Haltung, die Olavo nicht genau definieren konnte, und ihr unfreundlicher Blick hinterließen bei ihm den Eindruck, als wäre sie gerade die Treppe hinaufgegangen und hätte sich umgedreht, nachdem sie gehört hatte, dass die Tür geöffnet worden war.

„Entschuldigt, wenn ich Euch erschreckt habe. Ich wollte gerade in die Küche, ein Glas Wasser holen. Téo hat schlimme Kopfschmerzen und muss eine Tablette nehmen."

Cristina gab ihr Wasser, erkundigte sich, wie es Téo ging und bot Hilfe an. Mirta bedankte sich verlegen, dann ging sie schnell die Treppe hinauf.

„Cris, glaubst Du, sie wollte wirklich Wasser holen? Ich hatte ein komisches Gefühl, als ich ihr gegenüberstand."

„Ich auch. Aber dann fiel mir wieder ein, dass Téo diese Schmerzen hat."

„Es ist fast zwei Uhr morgens und dieser Alte sorgt für Aufregung. Ich hoffe bloß, dass es ihm morgen besser geht."

Ein Geräusch an der Hintertür erregte ihre Aufmerksamkeit.

„Wahrscheinlich Anita", sagte Cristina.

Sie vergewisserten sich. Anita schloss die Tür auf.

„War es eine schöne Geburtstagsparty?"

„Eine sehr schöne. Wir haben uns wirklich amüsiert."

„Es freut mich, das zu hören. Und pass' gut auf Deinen Freund auf. So einen wie ihn findest Du nie wieder!"

„Wenn es nach mir geht, wird diese Liebe nie zu Ende gehen."

Anita verschwand in den Arbeitsbereich des Hauses und Cristina schloss die Tür ab, die diesen Teil und die Küche vom Rest des Hauses trennte.

„Nur gut, dass Du Dich ein bisschen schützt. Nach allem, was ich bisher gesehen habe, ist in diesem Haus nachts mehr los als tagsüber. Ohne den Verkehr im Abstellraum mitzurechnen. Und die Straßen? Ich bin davon ausgegangen, dass ein neues Wohnviertel mit einem halben Dutzend Einwohnern nachts absolut ruhig wäre. Aber als wir im Abstellraum waren, habe ich ein Auto vorbeifahren hören. Und danach noch zwei oder drei weitere."

„Das sind Liebespärchen. Sie wollen nicht gesehen werden, aber einsame Straßen sind gefährlich, deshalb parken sie in der Nähe von irgendwelchen Wohnhäusern. Dort würde jeder Lärm oder jedes Hupkonzert auf jeden Fall Aufmerksamkeit erregen."

„Das fehlte mir gerade noch, ein Liebespaar zu überraschen. Weißt Du was, Cris? Ich werde das niederschmetternde Gefühl nicht los, der einzige Mensch auf dieser Welt zu sein, der schläft."

10

Olavo wachte früh auf, doch der benommene Dämmerzustand, in dem er sich befand, hielt ihn vom Aufstehen ab. Er beschloss noch eine Weile im Bett zu bleiben und den friedlichen Morgen zu genießen. Nach und nach bevölkerten die Silhouetten der Eingeladenen seinen Halbschlaf, die Münder in ihren verschwommenen Gesichtern sprachen wie in einem Traum. Plötzlich erwähnte jemand den Ausflug zum See. Das riss ihn heraus. Er dachte an die Worte seiner Schwester: *Am See, dazu kann ich nichts sagen, aber in meinem Haus würde keiner der Gäste die Unhöflichkeit besitzen, jemanden umzubringen.* Ein Schauer überlief Olavo. Eine Vorahnung drohte, seinen Sonntag zu verderben. Nicht einmal die Sonne, die unschuldig und einladend durch die Gardinen schien, ließ ihn wieder zur Ruhe kommen. Er stand schnell auf.

Der Frühstückstisch war gedeckt und nach und nach erschienen die Eingeladenen. Innerhalb kurzer Zeit war die Stimmung ausgelassen und alle sprachen und lachten durcheinander. Olavo versuchte sich nicht von der guten Laune der anderen anstecken zu lassen, während er jeden der Anwesenden beobachtete. Alle wirkten entspannt und tatsächlich glücklich, sogar Teodoro, der von seinen Kopfschmerzen geheilt schien, machte nicht den Eindruck, als hätte er schlecht geschlafen. Mit Ausnahme von Cristina, die angespannt und schweigsam war. Fernando versuchte sie in die allgemeine Begeisterung einzubeziehen:

„Eine sehr gute Idee, heute zu Eurem Grundstück zu fahren. Der Tag könnte nicht schöner sein und alle sind bereits sehr vergnügt."

Olavo kam ihm zu Hilfe:

„Rate mal, wen ich gestern Abend beim Reifendienst getroffen habe, als ich Dein Auto dorthin gebracht habe"

„Du hast Cris' Auto weggebracht?", fragte Fernando, während Bruno beinahe gleichzeitig herausplatzte: „Wie, Cris' Auto? Ist Carlos nicht mit dem Wagen gefahren?"

„Nein, ist er nicht", erklärte Olavo, „das Ersatzrad hatte ein Loch und er wollte keine Zeit mit der Reparatur verlieren."

„Warum interessiert Ihr Euch so für Cris' Auto?", hakte Sandra nach.

Die offensichtliche Verlegenheit der beiden stellte Cristinas gute Laune wieder her.

„Sollen wir fahren?", fragte sie einladend und übernahm die Leitung des Packens, „auf dem Weg erzählst Du mir, wen Du dort getroffen hast."

Josefina brachte die Picknickkörbe und Joana die Getränke.

Adélia und Cristina fuhren mit Olavo in Cristinas Auto.

Am Wochenendhaus angekommen, stiegen sie mit großem Hallo aus dem Wagen und ergingen sich in Bemerkungen über die Schönheit des Fleckchens. Der See in der Nähe des Hauses glitzerte. Der Rasen war an den vor der Sonne geschützten Stellen noch feucht von Tau. Der Wald verströmte einen Geruch nach Erde und grünen Blättern, die vor sich hin faulten. Obwohl sie einen Heidenlärm veranstalteten, zeigte Carlos sich nicht. Bruno stürmte ins Haus, um ihn aufzuwecken. Sandra, die an der Garagentür stand, warf einen Blick hinein. Da die Sonne sie blendete, konnte sie im Halbdunkel nichts erkennen.

„Wie sieht's aus, Hübscher, alles bereit?", fragte sie und machte ein paar Schritte in die Garage.

Ein Schrei zerriss die Stille und Sandra stürzte stolpernd durch die Tür nach draußen.

Olavo, der der Garage am nächsten stand, war als erster drinnen und drang, wie in einem schrecklichen Alptraum, in das Halbdunkel ein. Durch die trockenen Holzbretter der Wände fielen Lichtstreifen. Das Boot stand auf dem Anhänger. In einer Ecke lag Carlos ausgestreckt auf dem Rücken, die Brust blutbefleckt, die trüben Augen offen.

Instinktiv versuchte Olavo den Puls zu fühlen.

Den anderen fiel es schwer die unerwartete Tatsache zu verdauen, erschrocken und schweigsam beobachteten sie die Szene.

Und Cristina, die sich über ihren Ehemann beugte, konnte nur stammeln:

„Er ist eiskalt."

Sie wiederholte den Satz mehrmals, während Olavo sie nach draußen führte. Fernando bot an, die Polizei zu rufen.

Téo tröstete Mirta, die ein Spitzentaschentuch in den Händen knetete. Sandra hatte ihren Kopf an Brunos Brust gelegt. Adélia schaute sich um, als könnte sie all das nicht glauben. Alle Anwesenden schwiegen, sodass nur die Geräusche des Sees zu hören waren: eine Brise kräuselte die Wasseroberfläche und legte sie in Falten, bevor sie sich wieder glättete und das Wasser an den Stützpfeilern des Schuppens leckte.

Die Polizisten der Mordkommission kamen und auch ein Krankenwagen. Während der Gerichtsmediziner seine Arbeit verrichtete, untersuchten die Polizisten den Tatort, stellten Fragen und machten sich Notizen.

Olavo lief am Ufer des Sees hin und her. Die Zeit war für ihn keine Aufeinanderfolge von Minuten mehr, sondern nur noch ein Bruchteil: der Moment, in dem er den Schwager tot aufgefunden hatte. Und dieser Bruchteil einer Minute dehnte sich aus, belegte ihn mit Beschlag und hielt ihn davon ab, an irgendetwas anderes zu denken.

Schließlich verstauten die Beamten den Körper im Wagen und entließen die Anwesenden mit der Bitte, die Stadt nicht zu verlassen, bis die Ermittlungen abgeschlossen wären.

Sobald die Angestellten bemerkten, dass die Ausflügler zurückgekehrt waren, versammelten sie sich neugierig und besorgt. Als Josefina die Nachricht hörte, erblasste sie, ihre Lippen öffneten sich, aber sie brachte keinen Ton heraus. Sie blickte zur Küche, ihrem kleinen privaten Reich, als würde sie es nicht wiedererkennen. Joana atmete hörbar, ein Zeichen, dass ein Asthmaanfall bevorstand. Sie zog sich zurück, um ihre Medikamente zu nehmen. Anita verkroch sich in eine Ecke und als Vavá hörte, was geschehen war, nahm er sofort den Hut ab und blieb betroffen stehen, als befände er sich in Gegenwart des Toten.

Die Gäste waren aufgelöst. Sie bestanden darauf, dass Cristina ein Beruhigungsmittel nahm. Olavo führte unzählige Telefongespräche, auch mit Elena.

Schließlich fehlten allen die Worte und auf den Gesichtern zeichnete sich eine resignierte Erschöpfung ab.

Adélia fuhr nach Hause.

Cristina nahm ein Beruhigungsmittel und zog sich in ihr Zimmer zurück.

Da es bereits Nachmittag war, bereitete Fina mit schweren Bewegungen einen Imbiss zu, den die Gäste ohne Appetit aßen. Nur hin und wieder fiel ein Wort oder man hörte das Schnäuzen einer Nase.

Nachdem Olavo wieder in seinem Zimmer war, setzte er sich in einen Sessel, um endlich in Ruhe nachdenken zu können. Sobald sich sein Körper entspannt hatte, tauchten die Erinnerungen wieder deutlich vor ihm auf: In dem Moment, in dem er die Bootsgarage betrat, war er sich sicher, dass die Vorhersagen seiner Schwester sich bewahrheitet hatten. Auch wenn sie außerhalb des

Denkbaren lagen. Schon davor hatte er die vage Befürchtung gehegt, dass sich im Laufe des Tages eine Tragödie ereignen könnte. Verursacht durch einen der Gäste. Aber ein Verbrechen, das verübt wurde, als alle noch im Haus in der Stadt waren, konnte nur das Werk eines Gelegenheitsverbrechers sein.

Er streckte die Beine aus, schloss die Augen und versuchte sich auszuruhen.

Am Nachmittag rief Olavo im Polizeikommissariat an und berichtete kurz von der Kiste im Abstellraum. Ein Polizist kam. Unauffällig führte Olavo ihn in Carlos Arbeitszimmer, in dem sich der kostbare Schmuck aus der Kiste befand. Der Beamte untersuchte ihn eingehend.

„Ich glaube, ich weiß woher die Juwelen stammen“, sagte er, „aber ich kann es nicht bestätigen, bevor ich es nicht genau überprüft habe. Sollte es sich um den vermuteten Fall handeln, wäre es eine Spur in einem Verbrechen, das uns zurzeit sehr beschäftigt. Und sagen sie nichts zu Ermês Mutter. Möglicherweise weiß sie, wo er sich aufhält und wird ihn warnen. Ich möchte nicht, dass er plötzlich verschwindet.“

„Es gibt noch etwas, was für Sie vielleicht von Interesse ist“, sagte Olavo, „Cristina und ich glauben nicht, dass Ermê den Mut hätte, ein Verbrechen diesen Ausmaßes zu begehen. Er ist eher ein Gelegenheitsdieb. Außerdem gehört die Kiste einem Freund von ihm. Wir vermuten, dass jemand sich auf Kosten Ermês dieses Versteck zu Nutzen gemacht hat.“

„In diesem Fall ist es unerlässlich, absolute Verschwiegenheit zu bewahren. Denn wenn Ermê nicht den Mut zu einer solchen Sache hat, genießt er auch nicht das Vertrauen des Banditen. Sollte Joana ihren Sohn über unsere Entdeckungen informieren, würde er in Panik geraten. Sicherlich steht der Räuber mit Ermê in Kontakt um sicher zu sein, dass die Kiste immer noch hier ist. Es würde ihm nicht entgehen, wenn irgendetwas schief gelaufen wäre. Er wird Ermê unter Druck setzen und ihm die Wahrheit entlocken. Wenn er erfährt, dass die Juwelen verloren sind, wird er ihn umbringen, bevor er verraten kann, wer ihm die Kiste geliehen hat. Wir werden das Haus überwachen. Bis zu dem Tag, an dem sie kommen, um die Kiste abzuholen. Ich schicke noch heute einen Beamten vorbei.“

Carlos Körper wurde am frühen Abend freigegeben.

Die Zeitungen berichteten in den Schlagzeilen über das Verbrechen. Dies hatte zur Folge, dass während der langen Nacht der Totenwache außer den Verwandten, die Olavo angerufen hatte, auch Freunde, Bekannte und Kollegen kamen. Die Umarmungen, die Trauer über den Tod des Schwagers und die Müdigkeit der letzten Tage lähmten Olavos Verstand.

Im Morgengrauen erschien Elena. Antonio war krank und konnte nicht mitkommen.

Cristina und ihre Schwester wirkten ruhig und gelassen, als würden sie einem irrealen Szenario beiwohnen. Ein Szenario, das immer unwirklicher wurde, je mehr sie begriffen, dass sie Carlos nie wieder sehen würden. Die kleinen Flammen der Kerzen, die ruhig in der stehenden Luft brannten. Der Geruch, wenn sie nach einem letzten Aufflackern einen feinen, weißen Rauch zurücklassend erloschen. Der intensive Duft der Rosen, der Nelken, der Chrysanthemen. Die geraden, glatten Stängel der Gladiolen. Schließlich wusste Olavo nicht einmal mehr, ob das alles Wirklichkeit oder nur ein Alptraum war, ausgeschmückt mit Blumenkränzen.

Die Beerdigung war um elf Uhr morgens.

Am frühen Nachmittag waren alle wieder zurück im Haus. Olavo beobachtete die bunt zusammengewürfelte Gruppe mit den vor Erschöpfung gealterten Gesichtern und wunderte sich, dass es erst zwei Tage her war, dass diese Leute eingetroffen waren.

11

Montagabend.

Elena war wegen Antonios Krankheit abgereist und die anderen hatten sich früh zurückgezogen.

Olavo hing in einem Sessel und starrte die Wände seines Zimmers an. Sein erschöpfter Geist weigerte sich, zur Ruhe zu kommen. Hartnäckig tauchten immer wieder Bilder, Worte oder ganze Szenen auf. Die Fahrt zum Wochenendgrundstück, die Erwartungen, das Gelächter, die Wetten, all das schien einer entfernten Vergangenheit anzugehören. Die Gegenwart bestand nur noch aus vereinzelten Worten, ängstlichen Blicken und jeder hatte nur eine einzige Frage im Sinn: Wer könnte Carlos umgebracht haben?

In der Nacht, in der das Verbrechen geschehen war, war Olavo der rege Verkehr aufgefallen. Liebespärchen, hatte Cristina gesagt.

In der Garage war nicht genug Platz für die Autos der Gäste, deshalb wurden sie auf dem Rasen in der Nähe des großen Tores geparkt. Vom Haus aus konnte man unmöglich unterscheiden, ob ein Auto auf der Straße vorbei oder durch das Tor hinaus gefahren war. Vom Haus bis zum Wochenendgrundstück waren es zwanzig Kilometer auf der Asphaltstraße und dann noch fünf Kilometer unbefestigte Schotterstraße. Jeder hätte von Cristinas Haus dorthin fahren und rechtzeitig wieder zurück sein können. Insbesondere, weil alle schon mehrmals dort gewesen waren und den Weg gut kannten. Und außerdem hatten sich die anderen an jenem Abend, als er sich um Mitternacht mit Cristina in der Küche traf, bereits seit über eine Stunde in ihre Zimmer zurückgezogen.

Olavo versuchte sich die möglichen Schritte seines Schwagers im Haus am See vorzustellen. Wahrscheinlich war er erst nach Einbruch der Dunkelheit, zwischen halb acht und acht, dort angekommen. Das Abendessen war vorbereitet. Olavo erinnerte sich an Einzelheiten: die Dose mit dem Milchpulver, die Kaffeemaschine, die Butter auf dem Tisch, Sandwichreste, die Tasse im Waschbecken. Er stellte sich vor, wie Carlos den Bootsmotor aus dem Kofferraum hievte, wie er ihn am Boot befestigte, das Benzin in den Tank füllte und den Motor testete. All das erforderte Anstrengung und Zeit. Wie viel Zeit? War er noch bei der Arbeit, als der Mörder eintraf? Und wer hätte dorthin fahren sollen? Teodoro? Worte, die vor drei Jahren gesagt worden waren, schossen ihm durch den Kopf. Eine Diskussion zwischen Cristina und ihrem Mann: *Du willst Téo zum Teilhaber machen? Er gehört zu den Leuten, denen es gelingt, noch die Ersparnisse der eigenen Mutter auf den Kopf zu hauen.* Er war auch verantwortlich dafür, dass Carlos viel Geld verloren hatte. Und trotz allem lieh Carlos ihm weiterhin Geld. War er gekommen, um ihn um noch mehr zu bitten? Und um die Gelegenheit zu nutzen, im Wochenendhaus allein mit Carlos zu sprechen? Mirta? Hatte sie wirklich ein Glas Wasser holen wollen? Oder war sie, so wie es ihm vorgekommen war, die Treppe hinaufgegangen? Woher war sie gekommen?

Adélia? Langweilig, ohne Ausstrahlung. Soweit bekannt, gab es keine Liebschaft in ihrem Leben. Sollte sie in Carlos verliebt gewesen sein? Und er? Er bekräftigte immer, dass sie als Sekretärin unverzichtbar war. Vielleicht hatte er mehr versprochen und es nicht gehalten? Cristina wusste, wie sie die Selbstsicherheit der anderen, ihre Selbstverliebtheit untergraben konnte. In solch einem Fall hätte Carlos leicht die bedingungslose Liebe einer anderen Frau annehmen können, um wieder ins seelische Gleichgewicht zu kommen. Sandra? Die Art, wie sie Carlos bei ihrer Ankunft angesehen hatte, hatte jetzt eine viel schwerwiegendere Bedeutung. Was waren Cristinas Worte gewesen? *Es wundert mich nicht, dass sie sich von Carlos angezogen fühlt.* Doch von allen möglichen Tätern kam Sandra für Olavo am wenigsten in Frage. Er hielt sie für zu ängstlich mitten in der Nacht zum Wochenendhaus zu fahren.

Bruno? Anlass für Eifersucht hatte er genug.

Fernando? Augenscheinlich hatte er den besten Grund.

Völlig erschöpft nahm Olavo ein heißes Bad und versuchte zu entspannen, dann ging er zu Bett.

Auch Fernando und Bruno hatten einen Grund nicht zu schlafen.

„Wir müssen diesen verdammten Zettel wiederkriegen“, rief Fernando beunruhigt, „weil er für Carlos gedacht war, habe ich nicht mal meine Schrift verstellt. Aber wer hat den Autoschlüssel? Vielleicht Olavo, er ist zuletzt damit gefahren!"

„Wo liegt das Problem? Wir sprechen mit ihm, bitten um den Schlüssel und suchen den Brief. Wir hätten den anderen sowieso alles erzählt, oder nicht?"

„Benutz' Deinen Kopf, Bruno! Ein gemeinsam ausgeheckter Scherz, mit einem lebenden Ehemann und was sonst noch dazu gehört, ist eine Sache. Aber denk mal darüber nach, was für ein Typ ihr Bruder ist, glaubst Du, er würde an einen Scherz glauben, wenn jemand den Mann umbringt und dann ein solcher Brief auftaucht? Du hast doch selbst gesehen, wie er uns überwacht hat. Einmal hat er sogar geschrien, erinnerst Du Dich?"

„Das stimmt. Wenn ich es mir recht überlege, ist Deine Vorsicht berechtigt. Dieser Typ würde der Polizei eine Geschichte auftischen, davon kannst Du ausgehen. Es fehlt nur noch, dass er es Cris erzählt."

„Und wenn sie es ist, vor der ich am meisten Angst habe? Du weißt über unsere Vergangenheit Bescheid."

„Und über die Gegenwart ebenfalls. Du schienst es ehrlich zu meinen, als Du diesen Quatsch hingekritzelt hast."

„Ich sollte wütend auf Dich sein, aber dazu bin ich zu beunruhigt. Meine Affäre mit ihr ist Schnee von gestern."

„Gut, dass Du diesen Punkt klargestellt hast."

„Aber Cristina neigt dazu, die Dinge so zu interpretieren, wie es ihr beliebt. Unabhängig davon, ob sie wahr sind oder nicht."

„Da hast Du absolut Recht."

„Na also! Sie ist zu neugierig, als dass sie uns den Schlüssel geben würde, ohne zu schauen, was wir vorhaben. Fassen wir zusammen: Sie ist Witwe, der Tod ihres Ehemannes hat keine große Traurigkeit ausgelöst und jetzt liest sie einen solchen Brief. Wenn sogar Du falsche Schlüsse gezogen hast!", fügte er beleidigt hinzu.

„Verdammt! Wir müssen den Zettel wiederbekommen. Selbst wenn wir dafür dieses Auto aufbrechen müssten!"

„Lass' uns warten, bis alle schlafen. Du gehst in Cris Zimmer und durchsuchst ihre Tasche. Erinnerst Du Dich, als wir Carlos geholfen haben, die Sachen einzuladen? Die Schlüssel vom Auto und der Garage waren an einem Schlüsselbund mit einem Amethystanhänger."

„Daran erinnere mich."

„Ich werde einen Blick in Olavos Sachen werfen. Wir werden diesen Schlüsselbund schon finden."

„Wahrscheinlich hat Sandra ihr Schönheitsbad bereits beendet. Ich lege mich hin, warte bis sie eingeschlafen ist und mache mich auf die Suche nach Cris Tasche."

„Wer nach dem Schlüssel gesucht hat, egal ob er ihn gefunden hat oder nicht, geht in die Küche und wartet auf den anderen. Dort können wir das Licht anmachen, ohne viel Aufsehen zu erregen. Und wenn jemand kommt, müssen wir nur den Kühlschrank aufmachen und irgendetwas Trinkbares herausholen."

„Genau. Nach allem, was passiert ist, sollte niemand denken, dass wir etwas zu verbergen hätten."

Fernando gelang es nicht, untätig herumzusitzen. Er lief im Zimmer hin und her, nahm etwas in die Hand und legte es wieder weg. Schließlich machte er sich auf den Weg zu Olavos Zimmer. Durch die verglaste Wand am Ende des Flures fiel der Schein der Gartenlaternen und hinterließ ein dämmriges Licht, das er als angenehm empfunden hätte, würde ihn sein schlechtes Gewissen nicht plagen . Vorsichtig klopfte er an die Tür. Nichts regte sich. Olavo, der trotz des warmen Bades nicht schlafen konnte, dachte: *Seit ich in diesem Haus bin, habe ich weder tagsüber noch nachts meine Ruhe. Ich werde so tun, als würde ich schon schlafen. Sollte es etwas sehr Wichtiges sein, werden sie mich schon wecken.*

Erneut klopfte es sehr diskret. Einen Augenblick danach öffnete sich langsam die Tür. Olavo beobachtete, wie Fernando sehr vorsichtig in den Raum trat. *Das hatte gerade noch gefehlt! Jetzt auch noch der Exfreund, der seine Probleme bei mir abladen möchte.*

Aber Fernando machte nicht den Anschein, als wollte er sich unterhalten. Zunächst blieb er sehr ruhig stehen, dann begann er, die Sachen auf der Kommode zu durchwühlen. Er hatte eine winzige Taschenlampe mitgebracht, mit der er leuchtete. Olavo musste an die goldenen Manschettenknöpfe denken und hätte beinahe geschrien: *Nein, das kann nicht sein!* Der Schreck beschleunigte seine Atmung. Fernando schaltete die Taschenlampe aus. Aber Olavo tat, als schliefe er fest und die Suche wurde wieder aufgenommen. Jetzt lag der Lichtstrahl der Taschenlampe auf dem Schlüsselbund, den Fernando hin und her wendete, bevor er sich einer Katze gleich auf leisen Pfoten hinausstahl.

Olavo sprang aus dem Bett und überprüfte nun selbst seine Besitztümer. Nichts fehlte. Die Brieftasche, die weiter hinten auf der Kommode lag, war nicht einmal berührt worden. Doch dringt jemand in ein fremdes Zimmer ein, nur um einen Schlüsselbund zu begutachten? Ein Kleptomane vielleicht? Die nehmen nur bedeutungslose Kleinigkeiten. Er untersuchte alles mit größter Sorgfalt. Und wenn Fernando nicht ganz normal wäre? Cristina hatte niemals erklärt, warum sie sich von ihm getrennt hatte. Olavo setzte sich wieder in den Sessel, er wollte in Ruhe nachdenken.

Währenddessen wartete Bruno mit angespannten Nerven darauf, dass Sandra einschlafen würde. Er versuchte, so ruhig wie möglich liegen zu bleiben und so zu tun, als ob er schliefe. Die absolute Stille im Haus lud ihn förmlich dazu ein, das Bett zu verlassen, aber erst als er sicher war, dass Sandra tatsächlich schlief, stand er auf. Doch Sandra, die die Unruhe ihres Ehemannes bemerkt hatte, verharrte im Alarmzustand. Bruno und Fernando benahmen sich merkwürdig, tuschelten in den Ecken. Was sie wohl ausheckten? Als Bruno sich sehr vorsichtig aus dem Bett schlich, war sie zunächst so erschrocken, dass sie sich beinahe verraten hätte. Ohne sich zu rühren wartete sie darauf, dass er das Zimmer verlassen würde. Sie schaute auf die beleuchteten Zeiger der Uhr am Kopfende des Bettes. Vielleicht würde sie ihm fünfzehn Minuten geben, dann würde sie ihm folgen. Sie war sich sicher, dass sie ihn und Fernando bei einem abgekarteten Spiel erwischen würde.

Teodoro liebte die Stille und die Ruhe. Trotzdem konnte er nicht schlafen. Er dachte an die Aktenmappe aus Karton, die einige Blätter enthielt, die ihm, sollten sie an die Öffentlichkeit gelangen, Schwierigkeiten bereiten könnten. Für den Verkauf einer Immobilie hatte Carlos ihm alle Vollmachten übertragen. Doch bevor er Carlos das Geld übergeben hatte, hatte er fast die Hälfte beim Spiel verloren. Daraufhin hatte er ein Dokument unterschrieben, in dem er sich bereit erklärte, alles innerhalb eines Jahres zurückzuzahlen.

Wenn Cris das erfährt, wird sie es hinausposaunen, hatte Carlos gewarnt. *Deshalb bleibt es unter uns.* Aber jetzt, wo sie alle Dokumente untersuchten, um die rechtliche Seite der Erbschaft zu klären, könnte dieses Papier zu Schlussfolgerungen führen. Schlussfolgerungen, die auch die Polizei interessieren würden. Die meisten Leute wurden schon wegen viel geringerer Summen umgebracht.

Teodoro fasste den Entschluss, die Aktenmappe zu suchen. Damals hatte Carlos sie in seinem Arbeitszimmer verwahrt. Er erinnerte sich sogar noch an die Schublade.

Im Dunkeln schlich er in die Bibliothek und schloss leise die Tür hinter sich, bevor er das Licht anschaltete.

Sandra stand auf und stahl sich, alle Sinne geschärft, die Treppe hinunter, die zu dem riesigen Wohnzimmer führte. Immer wieder blieb sie stehen, doch nichts war zu hören. Sollte Bruno das Haus verlassen haben? Sie ging zum Fenster und spähte hinaus. Als der Polizeibeamte ein Gesicht im Schein des Außenlichtes am Fenster auftauchen sah, zog er sich zurück. Ein Busch bewegte sich, als er um ihn herumging. Sandra entschloss sich am Fenster Wache zu halten.

Seit Fernando Olavos Zimmer verlassen hatte, saß dieser unruhig im Sessel, bevor er endlich den Entschluss fasste, sich wieder hinzulegen. Alles, was in diesem Hause passierte, brachte ihn so durcheinander, dass er kurz davor war, gar nichts mehr zu verstehen. Viele Zweifel plagten ihn, er beschloss die Tür abschließen. Doch bevor er den Schlüssel herumdrehte, öffnete er sie langsam aus instinktiver Vorsicht und spähte nach draußen. Er erkannte Bruno, der aus Cristinas Zimmer kam und sich mit schnellen Schritten über die Treppe davonstahl. Er wollte schreien, aber es gelang ihm nicht. Er blieb wie gelähmt stehen, wie versteinert, der Mund trocken.

Dann stürzte er ins Zimmer seiner Schwester und machte das Licht an. Das Herz sprang ihm fast aus dem Hals. Cristina schlief ruhig und alles schien an seinem Platz zu sein.

Mit zitternder Hand schloss Olavo das Zimmer ab und schob den Schlüssel unter der Tür hindurch ins Zimmer zurück.

Entweder bin ich verrückt oder ich habe Halluzinationen oder einige Leute in diesem Haus taugen nichts, dachte er, während er seine Zimmertür ebenfalls abschloss.

Bruno war bereits die Treppe hinuntergegangen. In seiner Hand hielt er den Schlüsselbund mit dem Amethystanhänger. Aber die Freude verging ihm, als er gegen das schwache Licht, das durch das Fenster fiel, Sandras Schatten erkannte. Zögernd blieb er einige Augenblicke stehen und überlegte, was er tun sollte. Während er überlegte, überkam ihn eine zunehmende Gereiztheit. Leise näherte er sich seiner Frau und murmelte: *Bleib ruhig und geh zurück ins Zimmer.* Sie stieß einen Schrei aus und sprang zum Lichtschalter. Er packte sie am Arm und wiederholte seine Anweisung mit Nachdruck. Sie riss sich los und schaute ihn an. Aber sie sagte nichts, sondern ging wütenden Schrittes davon.

Als Teodoro den Schrei hörte, gefror ihm buchstäblich das Blut in den Adern. Schnell löschte er das Licht in der Bibliothek und lauschte. Noch einen Mord würden seine Nerven nicht verkraften. Still blieb er in der absoluten Dunkelheit sitzen und wunderte sich, dass sein Herz noch nicht aufgehört hatte zu schlagen.

Bruno schlich wachsam und ängstlich darauf bedacht, niemanden zu treffen, die Treppe hinunter, als er einen Lichtstrahl unter der Arbeitszimmertür hindurchscheinen sah. Licht, das jetzt, nach Sandras Schrei, ausgeschaltet wurde. Er löschte das Wohnzimmerlicht, das sie angemacht hatte, und wartete. Es war nicht auszuschließen, dass sich dort drinnen ein Dieb befand.

Teodoro wagte es nicht mehr, das Licht anzuschalten und seine Suche wiederaufzunehmen. Am liebsten hätte er sich in sein Zimmer zurückgezogen, ohne in irgendetwas verwickelt zu werden. Langsam öffnete er die Tür, es herrschte beinahe völlige Dunkelheit und Stille. Die Möbel warfen Schatten wie zusammengekauerte Tiere. Dann verließ er das Arbeitszimmer, doch bevor er zwei Schritte gemacht hatte, sprang Bruno hinter ihn und packte seine Arme. Jetzt war es an Teodoro einen Schrei auszustoßen. Bruno befahl *Mach das Licht an, ich will Dein Gesicht sehen!* und führte ihn zum Schalter. Nachdem das Licht angegangen war, ließ Bruno Teodoro los und rief überrascht:

„Zum Teufel! Du bist es!“

Teodoro war leichenblass und Bruno blieb nichts anderes übrig, als ihm verlegen die Schulter zu tätscheln.

„Entschuldige, ich bin heruntergekommen um etwas zu trinken, da stieß ich im Dunkeln auf Dich und dachte, ich hätte es mit einem Einbrecher zu tun. Stell' Dir das bloß vor. Das sind die Nerven, nach allem was passiert ist."

Teodoro versuchte zu lächeln, sagte, dass alles gut wäre und bevor Bruno noch daran dachte zu fragen, was er im Arbeitszimmer gemacht hätte, zog er sich in sein Zimmer zurück. Seine Beine zitterten und die Zähne schlugen leicht aufeinander.

Seit der Polizeibeamte Sandras Gesicht am Fenster gesehen hatte, beobachtete er das Haus. Nun lief er zu einem gewöhnlich aussehenden Auto, das niemand für ein Polizeiauto halten würde. Er rief den diensthabenden Beamten an, wies sich aus und sagte:

„Mir wurde aufgetragen das Grundstück und das Haus zu überwachen, weil jemand ins Haus eindringen und eine Kiste mitnehmen könnte."

„Richtig."

„Aber es ereignen sich merkwürdige Dinge in diesem Haus."

„Was für Dinge?", fragte der Kollege und stand auf, als müsste er gleich losrennen.

„Im Haus war es ganz dunkel. Da hörte ich den Schrei einer Frau."

„Einen Schrei?"

„Genau. Und dann schaltete ein Mädchen, das von einem riesigen Kerl festgehalten wurde, das Licht an. Ich habe alles ganz genau gesehen."

„Erzählen Sie weiter."

„Es schien, als hätten sie Meinungsverschiedenheiten. Dem Gesicht nach zu urteilen, stritten sie sich. Dann verließ sie das Wohnzimmer und ging eine Treppe hinauf. Und das Licht ging wieder aus. Dann schrie ein Mann."

„Jetzt fehlt nur noch, dass Sie mir erzählen, dass der große Mann danach einen Mann gepackt hat."

„Ganz recht. Ein dürres Kerlchen und der war es auch, der das Licht angemacht hat. Dann hat der andere ihm auf die Schulter geklopft und schließlich ging auch der Dürre weg. Nur, dass der Dicke dann wieder das Licht ausgeschaltet hat. Was soll ich jetzt tun?"

„Juvenal, trinken Sie?"

„Nein, mein Ehrenwort!"

Der Kollege schwieg so lange, dass der Polizeibeamte beinahe aufgelegt hätte.

„Juvenal, Sie wissen, dass es Menschen mit komischen Angewohnheiten gibt."

„Ja."

„Besonders unter den Reichen."

„Das ist mir schon aufgefallen."

„Also seien Sie bitte diskret."

„Das heißt, ich soll mich nicht einmischen. Ist es das?"

„Genau."

„Und wenn morgen früh jemand dort ausgestreckt auf dem Boden liegt und ich nichts getan habe?"

„Sagen Sie, dass Sie nichts gehört haben."

„Und wenn sie es mir nicht glauben?"

„Wir“, betonte der Kollege noch einmal, „wir werden Ihnen glauben. Haben Sie verstanden?“

„Ja. Und danke.“

Bruno schloss gerade Cristinas Auto ab, als der Beamte zurück in den Garten kam. Er verließ die Garage ohne den Polizisten, der hinter einem Busch stand, zu bemerken. Bruno hatte den Brief gefunden und knüllte jetzt das Papier zusammen, bis er einen Ball in der Hand hielt. Der Polizist verhielt sich ruhig, aber das Herz klopfte ihm bis zum Hals. Die Spezialität dieses Riesen war seinen Gegner am Hals zu packen. Und er würde sich ganz schön was einbrocken, wenn er die Waffe auf jemanden aus dem Haus richten müsste. Insbesondere nach dem der diensthabenden Beamte angeordnet hatte, wie er sich zu verhalten habe. Erleichtert sah er, dass Bruno das Haus betrat. Die Tür wurde abgeschlossen.

Teodoro saß in seinem Zimmer und versuchte sich von dem Schreck zu erholen. Langsam wurde ihm bewusst, dass nichts passiert war. Die Frau, die geschrien hatte, hatte es aus demselben Grund getan wie er. Genauso war es. Er hatte alles dunkel gelassen, um keine Aufmerksamkeit zu erregen, dann war er mit Bruno zusammengestoßen, der ihm erklärte, dass er nur etwas getrunken hätte und dabei niemanden aufwecken wollte. Er öffnete die Tür. Nur einen Spalt. Und wartete. Bruno würde nicht die ganze Nacht über trinken. Tatsächlich. Er tauchte am Ende des Flures auf. Doch zu seiner großen Überraschung war Fernando bei ihm. Selbstverständlich sprachen sie leise, aber sie lachten. Also war es nur das. Eine kleine, heimliche Sauferei mitten in der Nacht. Diese Erkenntnis beruhigte ihn zutiefst. Und sobald die beiden in ihren Zimmern verschwunden waren, verließ Teodoro seines. Er schlich in die Bibliothek. Schnell inspizierte er die Aktenmappen, die er vorher aus Zeitmangel nicht hatte anschauen können. Er fand die Schuldverschreibung. Voller Freude die eigene Rettung in Händen zu halten, zog er sie heraus. Er faltete sie ordentlich zusammen und steckte das Papier in die Tasche seines Morgenmantels. Das musste gefeiert werden. Hinter einer der Schranktüren war eine kleine Bar versteckt. Teodoro schenkte sich einen doppelten Whisky in ein Glas, setzte sich, streckte die Beine aus und nippte an dem Getränk. Dabei stellte er sich Mirtas Gesicht vor, wenn sie ihn so sehen würde. Da er früher viel getrunken hatte, kontrollierte sie ihn mit übertriebener Strenge. Allmählich löste der Alkohol die Beklemmung und die Angst, die er seit Carlos Tod verspürt hatte, auf. Er war benebelt und eine wohltuende Entspannung breitete sich in seinem Körper aus.

Argwohn und selbst gelegte Fährten ließen Olavo nicht los. Er hatte das Bedürfnis, sich von all dem zu befreien. Vielleicht würde ihn eine Lektüre ablenken? Ein spannendes Buch? In der Hektik, die Carlos verbreitet hatte, weil sich die Schublade nicht schließen ließ, hatte er kein Buch gefunden, das ihn interessiert hätte. Danach hatte ihn Cristina gestört. Jetzt schien die Zeit günstig, eins zu suchen. Er erinnerte sich, dass keiner in diesem Haus jemals schlief. Doch wenn er das Licht im Wohnzimmer anschalten würde, könnte er gleich einen Feuerstrahl in den Garten schicken. Und wer aus dem Fenster seines Zimmers schauen würde, wüsste sofort, dass jemand im Haus umher lief. Beim Gedanken, dass sich jemand zu ihm gesellen würde, standen Olavo die Haare zu Berge. Im Dunkeln ging er die Treppe hinunter und sah, dass Licht unter der Tür des Arbeitszimmers durchschien. Hatte jemand vergessen es auszuschalten? Jemand aus dem Haus, oder? Vorsichtig näherte er sich der Tür und lauschte. Langsam drückte er die Klinke herunter. Die Tür war abgeschlossen. Ein eisiger Schauer überlief Olavo und er fragte sich, ob seine inneren Organe noch richtig funktionieren würden, wenn er dieses Haus wieder verlassen hätte.

Er erinnerte sich an die Nacht, in der er in den Abstellraum gegangen war und beinahe seine Waffe auf die arme Joana abgedrückt hätte. Wie sie geschrien hatte und die anderen herbeigeeilt waren. Solch eine lächerliche Szene würde sich nicht wiederholen. Doch wäre es jetzt, nachdem jemand aus dem Haus ermordet worden war, nicht besser vorsichtig zu sein, selbst wenn er Gefahr liefe, sich wieder lächerlich zu machen? Zögernd verharrte er im Halbdunkel, während seine Gedanken immer um dasselbe Thema kreisten: Cristina schlief in ihrem Bett und mit welcher Absicht schloss sich jemand, der nicht zur Familie gehörte, an einem Ort ein, an dem sich wichtige Papiere befanden? Und dann noch die Papiere von jemandem, der ermordet worden war? Das Beste war wirklich, zunächst die Waffe zu holen. Und das tat er dann auch, schnell und leise. Sein Plan war sich neben die Tür zu stellen und zu warten.

In der Euphorie der Trunkenheit beschloss Teodoro in der Küche Eiswürfel zu holen. Er war gerettet, frei, glücklich! Sehr glücklich! Doch als er mit einem Ruck die Tür öffnete, stieß er mit Olavo zusammen, der aufsprang und die Waffe auf ihn richtete. Teodoro kam noch nicht einmal dazu zu schreien. Eigentlich hatte er zurückspringen wollen, aber er taumelte, fiel lärmend hin und sein Körper rollte über den Fußboden. Olavo legte die Waffe weg. Er half ihm aufzustehen und sich aufs Sofa zu setzen. Teodoros Atem roch nach Alkohol.

„Das hat mir gerade noch gefehlt, Téo. Du versteckst Dich vor Deiner Frau um Dich zu betrinken und mich vor Schreck fast umzubringen."

Teodoro fasste an die Tasche seines Morgenmantels. Das Blatt Papier, gut gefaltet, befand sich immer noch dort. Erleichtert begann er einen Streit vom Zaun zu brechen:

„Hast Du mir gerade eine Waffe vor die Nase gehalten?"

„Habe ich. Und es hat nicht viel gefehlt und ich hätte abgedrückt."

„Du hättest mich beinahe umgebracht. Was habe ich getan?"

„Was Du getan hast? Nachdem Carlos umgebracht wurde, sollte sich niemand den Luxus leisten sich mitten in der Nacht in dessen Arbeitszimmer einzuschließen. Erkennst Du nicht, wie verdächtig das ist? Ich weiß, dass Deine Frau Dich überwacht, trotzdem solltest Du Deinen Kopf benutzen."

„Was glaubst Du, was Mirta machen würde, wenn sie mich beim Trinken erwischen würde? Was wohl, na? Ich musste genügend Zeit haben, alles zu verstecken, falls sie an die Tür geklopft hätte. Ich möchte nicht schlecht über meine Frau reden, aber ein Mann muss ab und zu einen Schwips haben, zum Teufel!"

Olavo brachte Teodoro zurück ins Zimmer, ohne sich aus dem Arbeitszimmer ein Buch mitzunehmen. Stattdessen nahm er eine doppelte Dosis Schlaftabletten.

Währenddessen fragte sich draußen im Garten der Polizeibeamte mit zitternden Knien und ausgetrocknetem Mund, ob er wohl noch so einen Bereitschaftsdienst durchstehen würde.

12

Erst am nächsten Tag, der halbe Vormittag war bereits vergangen, ergab sich für Olavo eine Gelegenheit, allein mit seiner Schwester zu sprechen. Zumindest für einige Augenblicke, denn im Haus herrschte ein ziemlicher Aufruhr.

„Cris, es ist an der Zeit mit offenen Karten zu spielen. Meine Frage damals, ob einer Deiner Gäste einen anderen umbringen wollte, hast du bejaht. Wen glaubst Du, wollten sie umbringen?“

„Carlos.“

Sie blickte ihm fest in die Augen.

„Und wer hätte den Ärmsten umbringen sollen?“

„Ich.“

Die Welt drehte sich in die falsche Richtung. Olavos Stirn wurde feucht.

Cristina entfernte sich. Ihr Parfum in der stehenden Morgenluft erschien Olavo derart unpassend, dass er überzeugt war, die Welt würde sich nie wieder in die richtige Richtung drehen.

Erneut wurden die Aussagen der Zeugen aufgenommen. Alle erzählten, was sie wussten, unterschrieben und gingen bedrückt davon. Nur einer von ihnen hatte nicht alles erzählt.

13

Durch die verglaste Wand betrachtete Olavo das stille Blau des Schwimmbads, das ihm erneut wie ein riesiger Saphir inmitten des Rasens vorkam.

Er war ratlos. Die Ereignisse dehnten die Zeit unendlich aus und hinterließen das Gefühl, als wären drei Tage nicht zu fassen.

Cristinas Stimme rief ihn in die Wirklichkeit zurück.

„Ich gehe gerne barfuß durch mein Zimmer. Es tut gut, den Boden unter den Fußsohlen zu spüren. Aber heute Morgen musste ich an einen Schlüssel denken. Und das war überaus unangenehm."

Sie warf ihrem Bruder einen vorwurfsvollen Blick zu. Er blieb ruhig.

„Ich musste sofort an Dich denken, als ich bemerkte, dass jemand mein Zimmer abgeschlossen und den Schlüssel unter der Tür hindurch geschoben hatte. Nur Du konntest auf die Idee kommen mich in meinem eigenen Haus beschützen zu müssen."

„Im Hinblick auf Deine Gäste kommt mir das nicht so abwegig vor."

„Aber Du wärst nicht so weit gegangen, wenn Du nicht etwas gesehen hättest. Zum Beispiel: dass jemand in mein Zimmer hinein oder aus ihm herausgekommen ist. Hättest Du jemanden hineingehen sehen, wärst Du hinterhergekommen und hättest für Aufregung gesorgt. Und ich wäre aufgewacht. Deshalb glaube ich, Du hast jemanden herauskommen sehen."

„Du bist doch nicht nur wegen des Schlüssels darauf gekommen. Es ist logisch, dass Du dachtest, ich hätte das Zimmer abgeschlossen. Aber daraus zu schließen, dass ich etwas gesehen habe, kann eigentlich nur einen Grund haben: Du weißt, dass jemand in deinem Zimmer war."

„Genau. Ich weiß, dass jemand hereingekommen sein muss, denn mein Autoschlüssel ist verschwunden."

„Der Autoschlüssel?"

„So ist es. Und ich habe es nur herausgefunden, weil Du das Zimmer abgeschlossen hast. So konnte er den Schlüssel nicht mehr zurückzulegen. Er musste ihn ans Schlüsselbrett neben der Hintertür hängen. Wäre der Polizeibeamte nicht schon so früh verschwunden, hätte ich ihn gefragt, wer in der Nacht aus dem Haus gekommen ist und mein Auto durchsucht hat. Aber ich glaube, Du weißt es."

„Es war Bruno."

„Was könnte er gewollt haben?"

„Eigentlich müsste man sich fragen, was irgendwer gewollt haben könnte."

„Wir haben es nur durch Zufall erfahren. Wäre Bruno Dir nicht in die Arme gelaufen, hättest Du den Schlüssel nicht unter meiner Tür hindurchgeschoben und wir hätten nie erfahren, dass er hereingekommen ist. Selbst wenn ihn der Polizeibeamte gesehen hätte. Aber der ist hier, um Ermê zu fassen und muss nicht auf alles achten. Auch weiß er nicht, dass das Auto nicht

Bruno gehört. Wahrscheinlich hat er geglaubt, es wäre seines und bestimmt wird er nie mit jemandem darüber sprechen."

„Und das ist noch nicht das Ende der Geschichte. Fernando kam in mein Zimmer. Ich war noch nicht eingeschlafen und hörte, wie sich jemand an der Tür zu schaffen machte. Ich stellte mich schlafend, blieb aber weiterhin auf der Hut. Er durchwühlte meine Sachen, nahm jedoch nichts mit."

„Demnach war auch er auf der Suche nach dem Schlüssel. Du bist gefahren, als wir vom Wochenendhaus zurückkamen. Der Schlüssel hätte also auch bei Dir sein können."

„In diesem Falle handelt es sich um zwei Verrückte, die etwas wollten, das wir wahrscheinlich nie erfahren werden."

„Ich schätze auch, dass wir es nie erfahren werden."

14

Olavo ging im Garten spazieren. Das stille Haus lag weiß in der Morgensonne. Er schloss die Augen und atmete den Duft der Mimosen, den Duft der Kindheit ein. Endlich waren seine Muskeln nicht mehr so verkrampft, sein Körper nicht mehr im Alarmzustand. Cristina hatte über ihn gelacht, über seine übertriebene Sensibilität. Doch schließlich hatte er Recht behalten. Die Vorahnung, dass sich eine Tragödie abspielen könnte, hatte sich erfüllt. Diese Tatsache tat ihm sehr leid, aber zumindest konnte er befreit abreisen.

Und diese Abreise war für ihn, als würde er das Schlachtfeld verlassen, verwundert, wie schön es war in Frieden zu leben.

Doch dann tauchten Erinnerungsfetzen auf, ferne Worte setzten seinen Nerven zu, erfüllten ihn mit Angst. Wut überkam ihn. War der Alptraum noch nicht vorbei?

Er sollte einfach abreisen. Sollten sie ihn doch alle mit ihren Eigenarten in Ruhe lassen. Er hatte ein Recht darauf seine Ruhe zu haben.

Olavo setzte sich auf eine Bank und betrachtete die Hauswand. Die Wut ließ nach und er verstand, dass die Ursache seiner Angst in ihm selbst lag. Wo sie, wenn er sie jetzt nicht beseitigte, für immer bleiben würde. Schon ein Wort, das mit den Geschehnissen dieser Woche in Verbindung stünde, würde ausreichen, damit sie zurückkehren und ihn zermürben würde. Doch um die Ursache von Angst beseitigen zu können, musste man wissen, woher sie kam. Er wusste, dass diese Erkenntnis unvorhersehbare Konsequenzen haben könnte, aber er konnte nicht mehr zurück.

Er schloss die Augen und ließ die zahlreichen Eindrücke, die er seit seiner Ankunft gesammelt hat, auf sich wirken. Er wollte sich mit ihnen vertraut machen, sie von Grund auf kennenlernen. Dabei dachte er an den Nachmittag am See. Warum hatte ihn ein Schauder befallen, als er das Gelächter aus Cristinas Mund hörte? Und warum ließen ihn die immer dichter werdenden Schatten und der kühler werdende Lufthauch an das Entsetzen der im See Ertrunkenen denken? Hatten Carlos Worte am Telefon, obwohl dieser nur über Geschäfte sprach, ihn am Tag seiner Ankunft an die Frau denken lassen, die in die Schlucht gestürzt war?

Und dann die Gäste und ihr merkwürdiges Verhalten. Sollte es noch jemanden geben, der ein Motiv hätte, einen der anderen umzubringen? Und Cristina, die über allen wie eine Göttin schwebte.

Er war sich sicher: Von dort ging ein unsichtbarer, aber reißfester Faden aus, der alle in die Sache verstrickte und selbst die, die sich feindselig begegneten, zusammenhielt. Ein Netz aus dem nicht einmal er entkommen konnte. An diesem Wochenende hatte das Geflecht dieses Fadens seine maximale Dichte erreicht und einer von ihnen musste sterben.

Olavo beschloss für unbestimmte Zeit in Cristinas Haus zu bleiben, selbst wenn ihn dies daran hindern würde, seinen beruflichen Verpflichtungen nachzukommen. Er ging zum Telefon und rief seine Berater an.

15

Nach dem Besuch bei Cristina nahm Bruno seine aufreibende berufliche Tätigkeit wieder auf, aber es gab Augenblicke, in denen er sich aus dem, was um ihn herum passierte, ausklinkte. Was seine Freunde und besonders Sandra dazu brachte, nach der Ursache zu forschen.

„Ich werde Dir etwas erzählen“, sagte er eines Nachmittags zu seiner Frau.

„Na endlich!“

„Erinnerst Du Dich an die Nacht, in der wir uns gestritten haben, weil Du mir gefolgt bist, als ich diesen Zettel aus ihrem Auto geholt habe?“

„Niemand vergisst so leicht, wenn er grob behandelt wird.“

„Ich habe Dir nicht alles erzählt.“

„Ach nein?“, freute sich Sandra, „vielleicht entschädigt mich der Rest der Geschichte.“

„Als ich die Treppe hinunter kam, sah ich unter der Tür von Carlos Arbeitszimmer Licht durchscheinen. Dein Schrei brachte denjenigen, der dort drinnen war, dazu das Licht zu löschen.“

„Das wundert mich nicht. Ein Schrei mitten in der Nacht erschreckt jeden.“

„Nur dass derjenige überhaupt keine Anstalten machte nachzuprüfen, was geschehen war. Stattdessen wollte er unbemerkt verschwinden.“

„Sehr vernünftig von ihm.“

„Und auch sehr verdächtig. Denn ich glaube ganz und gar nicht, dass einer von denen, die dort waren, Carlos umgebracht hat. Es muss jemand von außerhalb gewesen sein. Und das Motiv? Im Wochenendhaus wurde nichts gestohlen, auch nicht im Wohnhaus. Unter Hunderten möglicher Motive machte mich eins stutzig, sobald ich das Licht ausgehen sah: die Person, die Carlos umgebracht hatte, war hinter irgendetwas her, hinter etwas, was sie hätte kompromittieren können. Jemand, der das Haus gut kannte, sodass er wusste, wo er suchen musste. Deshalb habe ich vor der Tür des Arbeitszimmers gewartet und gewartet. Als er herauskam, vorsichtig wie ein Einbrecher, packte ich ihn von hinten und zwang ihn zum Schalter zu gehen und das Licht anzuschalten."

„Mein Gott, Du willst doch nicht etwa sagen, dass es jemand war, den wir kennen?"

„Es war Teodoro."

„Was? Er?"

„Ganz recht. Ich hätte den Ärmsten vor Schreck fast umgebracht. Er war ins Arbeitszimmer gegangen um diesen ausgezeichneten Whisky zu trinken, den Carlos dort aufbewahrte. Ich hatte ihn das schon bei anderen Gelegenheiten tun sehen und wollte ihn nicht in Verlegenheit bringen, in dem ich ihn zu sehr unter Druck setze. Du weißt, wie viel Angst er vor Mirta hat. Nur dass ich vor ein paar Tagen an etwas denken musste: War Teodoro so erschrocken, weil ich ihn bei seiner

Trinkeskapade erwischt habe oder weil er etwas viel Verdächtigeres getan hatte?“

„Witzig, wie naiv Männer sein können, wenn es um andere Männer geht. Ganz schön anders, als wenn sie es mit ihren Frauen zu tun haben.“

Bruno schaute sie überrascht an. Vorwurfsvoll fuhr sie fort:

„Da seid ihr misstrauisch und seht sogar Dinge, die nicht existieren.“

„Ich weiß, dass ich eifersüchtig bin, aber wolltest Du damit sagen, dass ich naiv bin?“

„Woher weißt Du, dass Teodoro sich dort versteckt hat um zu trinken?“

„Weil er das immer tut, wenn sich die Gelegenheit ergibt. Das habe ich Dir bereits gesagt. Und genau daran musste ich sofort denken. Außerdem hatte er am nächsten Tag einen Kater.“

„Weil er um diese Uhrzeit getrunken hatte oder erst später?“

„Was willst Du damit sagen?“

„Dass Du sehr wohl damit Recht haben könntest, dass jemand etwas im Arbeitszimmer gesucht hat. Aber es muss nicht unbedingt jemand von außerhalb gewesen sein.“

„Mit anderen Worten: Téo war nicht auf der Suche nach etwas zu trinken?“

„Zumindest nicht um diese Zeit. Oder er war auf der Suche nach etwas zu trinken und etwas anderem. Und noch etwas: Hat er Dich gefragt, was Du dort im Dunkeln machen wolltest?“

„Nein. Ich sagte, dass ich etwas trinken wollte und er zog sich sofort in sein Zimmer zurück.“

„Und hat er Dir geglaubt? Vielleicht hatte auch er Dich in diesem Moment in Verdacht.“

16

Adélia machte sich jeden Tag mehr Sorgen. Nach Carlos Beerdigung lebte in ihr etwas wieder auf, das sich vor Monaten ereignet hatte. Und es begann sie zu verfolgen. Ein unschuldiger Zufall, der nie Konsequenzen gehabt hätte. Wäre der Chef nicht ermordet worden.

Passiert war es Anfang September, vor beinahe fünf Monaten.

Immer wenn ein Feiertag an ein Wochenende angehängt werden konnte, verbrachte sie ein paar Tage in einem kleinen Hotel, in dessen Restaurant häufig Reisende auf ihrem Weg zum Strand einkehrten. In der Hochsaison musste man Schlange stehen um einen Tisch zu ergattern. Auch als es Frühling wurde, war Adélia dorthin gefahren. Das Meer war noch kalt, aber sie machte gerne lange Spaziergänge im Sand. Am zweiten Tag, sie saß gerade beim Abendessen im Restaurant, erschien Carlos. Beide waren mehr als überrascht. Er war auf dem Weg zum nächsten Badeort, wo er sogar ein Zimmer in einem Hotel reserviert hatte. Er wollte sich ein großes Gelände für Bauplätze ansehen, das ihm am Vortag angeboten worden war.

Es war purer Zufall, dass er in diesem Restaurant gelandet war. Sie unterhielten sich, tranken Wein, der Büroalltag schien einer fernen Wirklichkeit anzugehören. Ständig sprachen sie über neue Themen. Doch schließlich machte sich die Erschöpfung, die während der schwungvollen Unterhaltung verflogen war, bemerkbar und Carlos entschloss sich, eine Nacht zu bleiben und die Reservierung im anderen Hotel abzusagen. Nach dem Abendessen hatte Adélia sich auf ihr Zimmer zurückgezogen. Ihren Chef hatte sie danach nicht mehr gesehen, noch hatte sie erfahren, wann er abgereist war.

Jetzt würde die Polizei sicherlich das Leben jeder Person, die sich zum Zeitpunkt von Carlos Tod im Haus aufgehalten hatte, durchwühlen. Und natürlich würde ebenso überprüft werden, wie er die letzte Zeit verbracht hatte, wo er gewesen war und mit wem. Carlos hatte das Gelände für die Bauplätze gekauft und war sehr oft dorthin gefahren. Warum sollte sich die Polizei auf die Hotels des Badeorts, in dem Carlos abgestiegen war, beschränken und nicht auch einen Blick in die Gästebücher anderer Hotels in der Umgebung werfen? Würde seine Spur verfolgt werden, könnte das einen Hinweis auf jene Nacht ergeben. Und waren es nicht oft die kleinen, unerwarteten Zwischenfälle, die einem die größten Schwierigkeiten einbrockten?

Auch jetzt fuhr sie zu diesem Hotel. Angespannt schaute sie aufmerksam direkt auf die Straße vor sich ohne auf den klaren Herbsttag und die schönen, von Salz und Meeresluft ausgeblichenen Hügel zu achten. Ihre Gedanken konzentrierten sich darauf, wie sie die Gästekartei in ihren Besitz bringen könnte.

Das Hotel war ein langgezogener, weißer Quader mit drei Stockwerken. Das Satteldach fiel an der Vorderseite steil ab und erstreckte sich auf der Rückseite über die Reihe der Balkone.

Ein hoch aufgeschossener Junge fragte nach dem Gepäck, doch sie hatte nur einen Handkoffer bei sich. Der Alte an der Rezeption setzte eine freundliche Miene auf:

„Wie geht es Ihnen, Fräulein?“

Dann zog er die Schultern hoch und reichte ihr das Blatt mit dem Kopf des Hotels. Sie schrieb ihre Daten darauf, die er auswendig kannte.

Er schaute der jungen Frau beim Schreiben zu und bewunderte ihre weichen, weißen Arme, die sich auf die Rezeption stützten. Dabei bemühte er sich, nicht zu sich selbst zu sprechen, eine Angewohnheit, die er erst vor kurzem angenommen hatte, die sich jedoch täglich zu verstärken schien. Das Mädchen schob das Anmeldeformular mit dem Finger zu ihm hinüber. Der Alte ergriff es, als würde es sich um ein seltenes Dokument handeln. Adélia, die eine Ausbildung als Archivarin absolviert hatte, beobachtete sein Vorgehen. Ihre Anmeldung wurde unter dem Buchstaben M abgelegt, dem Anfangsbuchstaben ihres Nachnamens, direkt hinter dem Kartonpapier, das den Karteikasten unterteilt. Hinter ihrem Anmeldeformular befinden sich noch mindestens zwanzig weitere.

„Viele Leute?“, fragte sie und schaute sich um.

„Drei Paare und eine ältere Dame. In dieser Jahreszeit kommen immer weniger Gäste. Und in den letzten zwei Wochen, als es so viel geregnet hat und so windig war, kam fast niemand."

„Aber im Sommer muss sehr viel los gewesen sein, Sie haben da ganz schön viele Anmeldeformulare."

„Stimmt, in der Hochsaison haben wir nie freie Zimmer. Deshalb lege ich die Anmeldebogen Anfang März in diesen Aktenschrank", sagte er und zeigte auf eine Reihe Schubladen auf der rechten Seite, die den gesamten Raum unter dem Tresen bis an die Wand einnahmen. Jede Schublade war durch einen Buchstaben gekennzeichnet.

Ein Schauer überlief Adélia. Der absurde Wunsch überkam sie, einfach in diesen Bereich zu treten, von dem sie nur durch eine kleine Tür getrennt war. Die Schublade zu öffnen, die dritte von oben in der Reihe an der Wand, und sie zu durchsuchen. Was würde passieren, wenn sie es täte? Was würde der Alte tun? Doch gleich sank sie wieder in sich zusammen, die Augen auf den Mann höheren Alters gerichtet, der ihr blasses, mattes Gesicht zufrieden betrachtet. Sie fühlte sich durchschaut, griff mit einer brüsken Bewegung nach dem Schlüssel und entfernte sich.

„Ihr Gepäck? Ich habe noch nicht einmal gesehen, ob es schon mitgenommen wurde."

„Ich habe nur diesen Handkoffer dabei", verteidigte sie sich, „ich bleibe nur eine Nacht."

„Ah!", seufzte der Alte und zu sich selbst murmelte er: *An den richtigen Stellen rundlich, nicht wie diese abgemagerten Mädchen aus Haut und Knochen....*

Dann wurde er von einem ungeduldigen Gast unterbrochen, der ein Zimmer wollte. Der Alte zählte die Optionen auf, der Mann begutachtete die Umgebung und schob die Brust vor, während er die Jacke aufknöpfte. Nur einige Schritte entfernt wartete Adélia vor dem Aufzug.

„Welches Zimmer wünschen Sie?", fragte der Alte, aber der Mann beobachtete Adélia und schien überrascht.

Als sie es bemerkte, drückte sie ungeduldig den Knopf des Aufzugs. Der Unbekannte äußerte seinen Wunsch und begann eilig ein Anmeldeformular auszufüllen. Der Alte las das Wort *verheiratet* und runzelte die Stirn.

Adélia stürzte in den Aufzug. Die Polizei hatte sie verhört, würden sie sie jetzt auch noch beschatten?

An der Rezeption händigte der Gast die Anmeldung aus und fragte:

„Ich kenne das Mädchen von irgendwo her. Wie heißt sie?"

Unverständlich murmelte der Alte vor sich hin: *Solche Machenschaften gab es schon zu Zeiten, als Hotels noch überwacht wurden*. Dann hob er dümmlich und schroff die Stimme:

„Warum fragen Sie sie nicht selbst?"

Der Mann nahm den Schlüssel von Zimmer 305 und beschwerte sich im Weggehen:

„Das hier ist keine gute Reklame, um den Tourismus in Brasilien anzukurbeln."

Aber der Alte hörte es nicht. Stattdessen brummte er noch einmal: *Das hat gerade noch gefehlt, verheiratet und will hier Unruhe stiften.*

Adélia verließ eilig den Aufzug. Sie zitterte am ganzen Körper. Der Blick dieses Mannes war kein Zufall. Er hatte sie sehr genau beobachtet. Das war sicher. Sie setzte sich aufs Bett. Sie musste nachdenken. Aber sie hielt es nicht aus. Sie ging im Zimmer hin und her. Je mehr Zeit vergehen würde, desto mehr Möglichkeiten hätte dieser Mann, sie auszuspionieren. Sie musste dieses Anmeldeformular sofort in die Hände bekommen, selbst wenn es nur zu ihrer eigenen Beruhigung wäre. Die Anspannung der letzten Wochen hatten ihre Energiereserven, ihre Geduld und ihre Konzentration verbraucht.

Von ihren vorherigen Aufenthalten wusste sie, dass das Restaurant um sieben Uhr abends aufmachte, sich aber erst gegen acht oder noch später füllen würde. Und auch der Alte verschwand zu dieser Zeit, vermutlich um zu Abend zu essen. Sollte dennoch ein Gast kommen, würde dieser vom Portier empfangen werden, der geschützt vor dem wachsamen Blick des Alten auf einer Bank auf dem Platz sitzen würde, ein Auge immer auf den Eingang des Hotels gerichtet.

Adélia ging ins Erdgeschoss hinunter, die Eingangshalle war leer. Sie steuerte auf die Rezeption zu, schaut sich um, die Beine zitterten, sie fühlte sich schwach, aber es war der richtige Zeitpunkt. Wann würde sie noch so eine Gelegenheit bekommen? Sie betrat den Raum hinter der Rezeption und öffnete mit schuldbewusster Hand die Schublade, in der die verbotene Frucht regungslos, aber bedrohlich, wartete. Erregt und aufgewühlt suchte sie das Papier. Als sie es fand, konnte sie es kaum glauben. Sie richtete ihren Körper auf.

Der Mann näherte sich mit leisen Schritten. Der Hotelschlüssel baumelte an seinem Finger. Am anderen Ende der Schlüsselkette hing ein großer, bronzener Anhänger, der es unmöglich machte den Schlüssel in die Hosentasche zu stecken. Er beugte sich über den Tresen und betrachtete Adélia von hinten.

„Helfen Sie dem Alten?"

Adélia schrie nur deshalb nicht, weil ihr die Stimme versagt und sich in ein leises Krächzen verwandelt hatte. Sie lehnte sich an den Tresen und schob Carlos Karteikarte in einen Ständer mit Zeitschriften und Werbungen des Hotels, der darunter stand. Voller Groll sah sie den Gast an.

„Ich wollte nur den Schlüssel abgeben", sagte der Gast.

Sie nahm ihn, hängte ihn zu den anderen am Bord, und stahl sich aus dem Raum, in dem sie nicht gesehen werden durfte. Dabei wunderte sie sich über ihre Intuition dieses Theater vorgespielt zu haben. Doch bevor sie sich entfernen konnte, überkam sie ein neuer Schreck. Der Mann zeigte mit dem Finger auf sie:

„Ich wollte vorhin nichts sagen, denn ich war mir nicht sicher, aber jetzt..., er bricht mitten im Satz ab, denn Adélia stieß einen Schrei aus und stürzte den Korridor entlang Richtung Treppe.

Der Schrei traf den Gast wie ein Faustschlag, er zuckte zusammen. Der Portier, der vom Platz hereingekommen war, blickte ihn verdattert an:

„Was ist passiert?“

„Woher soll ich das wissen?“, entgegnete der Mann, während seine Augen das dürre Gestell anblitzten.

Er entfernte sich und bereute es, in diesem Hotel abgestiegen zu sein.

Der Alte tauchte auf.

„Hast Du den Schrei gehört?“, fragte der Portier.

„Welchen Schrei?“

„Es kam mir so vor, als hätte jemand geschrien. Deshalb bin ich hereingekommen und habe den Mann gesehen – den Dicken, der gerade vor kurzem angekommen ist. Der hat vielleicht ein komisches Gesicht gemacht.“

„Aha!“, sagte der Alte wie jemand, der Schwierigkeiten vorausahnte.

„Und das Mädchen rannte verängstigt die Treppe hinauf...“

„Ich wusste es!“, der Alte nickte mit dem Kopf. „aber warte nur, ich werde den Schurken nicht aus den Augen lassen!“

Adélia erreichte ihr Zimmer und schaffte es gerade noch, ein paar Schritte hinein zu machen. Auf keinen Fall konnte sie länger hier bleiben, ihre Nerven würden das nicht aushalten. Mittlerweile war sie sich sicher, dass der Mann ein Polizist war. Und deshalb musste sie schnellstens in den Besitz des Anmeldeformulars kommen. Vielleicht erleichterte ein Spaziergang am menschenleeren Strand das Nachdenken. Erneut ging sie die Treppe hinunter. Ihr Gesichtsausdruck war hart, ihre Haltung aufrecht, herausfordernd.

Mit ausgestreckter Hand kam ihr der Alte entgegen, um den Schlüssel in Empfang zu nehmen. Ein liebenswürdiges Lächeln spielte um seinen Mund, seine Haltung drückte Entschlossenheit aus. Die Entschlossenheit von jemandem, dessen Aufgabe es ist, zu helfen. Sie wunderte sich über seine Art und blickte ihn konsterniert an. Sollte er die Anmeldung gefunden haben? Das musste es sein. *Oh Gott, und was jetzt?* Ihr Blick ruhte weiter fest auf dem weißen, runzligen Gesicht, das beim Lächeln noch runzliger wurde. Sie bemühte sich Haltung zu bewahren und nicht überstürzt hinauszurennen. Langsam ging sie auf die Straße.

„Was glaubst Du, wie alt ich bin?“, fragte der Alte den Portier.

Der andere war von der Frage überrascht und wollte kein Risiko eingehen.

„Darüber habe ich nie nachgedacht.“

Während der Alte wartete, überlegte der Portier, was er sagen sollte, damit seine Antwort nicht wie eine Lüge klang.

„Schwer zu sagen... Aber Sie sehen nicht sehr alt aus, überhaupt nicht.“

„Ach ja? Wirklich?“

„Wenn ich Sie wäre, würde ich nicht einmal übers Alter nachdenken. So gut wie Sie aussehen, wo hat man so was denn schon gesehen?"

Adélia ging spazieren und hinterließ Spuren im nassen Sand. Der Abend war warm für die Jahreszeit. Das Meer war ruhig, der dunkle Himmel kündigte Regen an.

Auf dem Rückweg kaufte sie eine Zeitschrift. Im Hotelrestaurant bestellte sie einen Salat, Fischfilet, Nachtisch. Danach einen Kaffee, um die Zeit hinauszuzögern. Die letzten Gäste ziehen sich zurück. Es ist Zeit zu schließen. Die Sitzfläche des Stuhls neben ihr ist beinahe völlig vom Tisch verdeckt. Dorthin legt sie die Zeitung.

Wieder in der Eingangshalle schaute Adélia sich die Postkarten an und suchte welche aus. Als sie bezahlen wollte, machte sie ein überraschtes Gesicht.

„Oh nein! Das hat mir gerade noch gefehlt!"

„Ist irgendetwas passiert?", eilte der Alte ihr zur Hilfe.

„Ich habe meine Zeitschrift auf dem Stuhl, dort im Restaurant, vergessen. Und ich habe sie extra vorhin gekauft, um etwas zum Lesen zu haben, bevor ich schlafen gehe."

„Ich hol' sie für das Fräulein."

„Würden Sie das für mich tun? Wie nett von Ihnen!"

Der Alte ging hinaus, sie stürzte hinter die Rezeption, wo sie Carlos Anmeldung versteckt hatte. Innerhalb einer Sekunde hatte sie sie in die Handtasche gesteckt.

Das Herz schlug ihr bis zum Hals, die Kehle war wie zugeschnürt. Die Minuten, die sie warten musste, kamen ihr wie eine Ewigkeit vor. Als der Alte wiederkam, ein Lächeln im Gesicht und die Zeitschrift triumphierend wie eine Fahne in die Höhe haltend, fehlte nicht viel und sie hätte ihn umarmt. Eine enorme Dankbarkeit stieg in ihr auf, sie zeigte sie mit einem Lächeln und freundlichen Worten.

Kaum hatte sich die Aufzugtür geschlossen, betrachtete sich der Alte im Spiegel. Er betrachtete sich von vorne, im Profil, ging näher heran, inspizierte die Fältchen um die Augen, trat wieder einen Schritt zurück und schien sehr zufrieden. Während er die Krawatte gerade zog, murmelte er:

„Und ich dachte, dieses dürre Gestell könnte mir Konkurrenz machen!“

Im dritten Stock telefonierte der Gast aus Zimmer 305 mit seiner Frau: *Weißt Du, wen ich hier getroffen habe? Deine Kollegin Adélia... Ganz recht, nach so vielen Jahren. Aber Du wirst es nicht glauben, es war unmöglich mit ihr zu sprechen. Zu Hause erzähle ich Dir alles.*

17

Ein Polizeiinspektor erschien und bat darum, mit Olavo zu sprechen. Sie gingen ins Arbeitszimmer. Olavo bot dem Inspektor einen Platz auf dem Sofa an. Er selbst saß auf Carlos Stuhl, hinter dem Schreibtisch.

„Sie haben unsere Nachforschungen sehr unterstützt und uns wichtige Informationen zukommen lassen", sagte der Inspektor, während seine Augen durch den Raum wanderten.

Der Gedanke, dass jede Einzelheit, die diese Augen wahrnahmen, Beachtung finden würde, hatte etwas Tröstliches für Olavo. Solange sich solche Leute mit dem Fall beschäftigten, würden sie irgendeine Spur finden.

„Ich habe vor hier zu bleiben, solange meine Geschäfte es zulassen. Vorläufig erledige ich so viel wie möglich per Telefon. Gerne helfe ich, so gut ich kann. Und leiste meiner Schwester Gesellschaft."

„Nun gut. Dafür bin ich Ihnen dankbar. Ihre Mitarbeit kann für uns von großem Nutzen sein. Besonders, wenn sie uns Einzelheiten liefern, die unsere Arbeit vielleicht entscheidend beeinflussen. Zum Beispiel."

Er zog einen verchromten Revolver Kaliber 38 aus der Tasche und legte ihn auf den Schreibtisch.

„Haben Sie diese Waffe schon einmal irgendwo gesehen? Und wenn Sie sie gesehen haben, können Sie mir sagen wann?"

Ein Hitzestrahl durchzuckte Olavo und all sein Blut schien sich im Magen zu sammeln. Carlos war in diesem Arbeitszimmer gewesen, bevor er zum Wochenendhaus gefahren war und hatte die Schublade auf der Suche nach der Schirmmütze durchwühlt. Wegen der Unordnung gelang es ihm nicht, sie sofort zu schließen, sodass Olavo den Revolver gesehen hatte. Nachdem er die Schublade endlich geschlossen hatte, war Carlos nur mit der Schirmmütze in der Hand hinausgegangen. Er konnte es nicht glauben. In diesem Fall mussten zwei sehr ähnliche Waffen im Umlauf sein. Er stand auf und durchsuchte die Schublade. Sie enthielt keine Waffe.

Er berichtete dem Kriminalbeamten von dieser Tatsache. In allen Einzelheiten.

„Ich bin mir sicher", fügte er hinzu, „dass mein Schwager nicht ins Arbeitszimmer zurückgekommen ist, um noch etwas zu holen, denn meine Schwester und ich saßen hier. Wir haben das Zimmer erst verlassen, um Carlos und Teodoro dabei zu helfen den Bootsmotor von einem Auto ins andere zu verfrachten. Danach ist Carlos gleich losgefahren."

Durch das Schweigen, das folgte, wurde Olavo die Ruhe im Haus bewusst. Man hörte lediglich das ein oder andere leise Geräusch. Das Leben ging weiter, die täglichen Arbeiten wurden beibehalten. Doch für ihn war es mit der Ruhe endgültig vorbei, selbst wenn sonst nichts mehr gestohlen worden war. Sogar ein goldenes Feuerzeug lag noch auf dem Schreibtisch. Kein Einbrecher wäre hier hereingekommen und hätte nur die Waffe mitgenommen.

Er stand noch einmal auf und untersuchte den Revolver sorgfältig.

Der Beamte wartete. Ruhig und aufmerksam.

„Ich habe keinen Zweifel. Das abblätternde Chrom hier unten, der Griff mit der verblichenen Zeichnung. Das ist die Waffe. Ich selbst habe schon viel mit ihr geübt."

„Sie haben mir sehr geholfen."

Der Beamte bedankte sich und ging hinaus, während Olavo noch lange nachdenklich sitzen blieb: Die Zahl der Personen, die zu dieser Schublade Zugang hatten, war sehr begrenzt.

18

Olavo ging in den Garten, Vavá hackte entschlossen die Beete. Der Hut mit der zerknitterten Krempe bedeckte seine Stirn, Schweiß floss an ihr herunter. Als er Olavo sah, hielt er inne und lächelte, dabei zuckte er mit den Schultern. Josefina, die gerade vorbeiging, rief ihnen zu:

„Wenn der hier trinkt, ist er eine richtige Klatschbase. Und ein Prahlhans obendrein. Ich weiß nur nicht, woher er immer was zu Trinken hat."

Der letzte Teil dieses Satzes war klar und deutlich an Olavo gerichtet.

„Ich möchte nur das Gesicht dieser Alten sehen, wenn Sie die Hütte für Faísca kaufen."

Olavo dachte an die Abmachung, die sie vor einer Woche getroffen hatten. Sie erschien ihm wie eine ferne, fast unwirkliche Tatsache.

„Und wo wirst Du wohnen?"

„Hier."

Er streckte den Arm aus und zeigte mit dem Finger auf das Zimmerchen neben dem Abstellraum.

„Die Hütte für Faísca könnte hier stehen, mitten in den Azaleen."

Doch plötzlich wurde er nervös, nahm den Hut ab und knetete ihn in den Händen.

„Was ist los? Was beunruhigt Dich?"

„Meine Hühner verkaufe ich nicht. Sie wollen die Ärmsten umbringen."

Die kindlichen Augen Vavás, der Duft frischer Erde und das glückliche Bellen Faíscas in seinem Zwinger mitten im Bambusdickicht trugen dazu bei, dass die Anspannung, die von Olavos Körper Besitz ergriffen und Geist und Nerven gefesselt hatten, sich zu lösen begannen. Olavo schloss die Augen. Er war zehn Jahre alt, nassgeschwitzt und mit Erde verdreckt. Sein Hund bellte, Fina schimpfte.

Der Augenblick war vorbei und Vavá knetete bockig seinen Hut.

„Keine Sorge, ich werde eine Umzäunung für Deine Hühner bauen lassen, irgendwo hier, in einem Eckchen."

Vavá ließ die Arme hängen und straffte den Körper.

„Da wollen wir mal sehen, ob die sie noch mal anfassen. In jener Nacht bin ich hinterher. Wenn sie nicht so schnell gerannt wären, hätte ich sie mit dem Bambus durchbohrt, der vorn so schön spitz ist. Ich hätte sogar mit Dona Cristina gesprochen. Ich habe diese Landstreicher wiedererkannt. Das Licht des Autos, das da durch das Tor gefahren ist, hat genau auf sie geschienen. Aber dann, weil das mit dem Boss passiert ist, in jener Nacht...."

Es fehlte nicht viel und Vavá hätte angefangen zu weinen. Ein Schauer überlief Olavo.

„Das Licht des Autos?"

„Ja, es hat ihnen direkt ins Gesicht geschienen."

„Welches Auto?"

„Eins von diesen großen, die wie Kupfer aussehen."

„Hier war kein Auto in dieser Farbe."

„Sie glauben, dass ich lüge. Aber ich hab's gesehen, jawohl, mein Herr."

Vavás Sprache wurde undeutlicher. Seine Zunge wurde schwerer. Was immer passierte, wenn er nervös wurde.

„Ich hab's gesehen. Und auch die Frau. Sie trug ein rotes Kleid, fast bis zum Boden. Erst hat sie mit ihm gesprochen, danach hat sie das Tor geschlossen. Ich hab's gesehen. Ich hab's gesehen."

„Natürlich glaube ich Dir. Ich werde sogar mit Cristina darüber sprechen. Sie wird sich freuen zu hören, wie tüchtig Du warst. Und sie wird Dir erlauben, die Hühner mitzubringen. Wollen wir wetten?"

Vavá zeigte keine Regung.

Cristina frühstückte.

„Was war denn los? Du machst ein Gesicht, als wäre schon wieder jemand gestorben."

„Ich finde das überhaupt nicht witzig."

Olavo nahm sich Kaffee mit Milch und berichtete seiner Schwester von dem Gespräch mit Vavá, während er Butter auf sein Brot strich.

„Du musst nicht alles wörtlich nehmen, was Vavá sagt. Wenn er sagt, dass er das Auto durchs Tor hat fahren sehen, hat er es vielleicht vors Tor fahren sehen. Das heißt nicht, dass es von drinnen, aus dem Hof gekommen ist. Ansonsten deckt sich seine Geschichte mit dem Verdacht, den ich seit der Nacht hege, in der Carlos zum Wochenendhaus gefahren ist. Erinnerst Du Dich, dass wir in den Keller gegangen sind, um diese Kiste zu untersuchen, die Joanas Sohn gebracht hatte?“

„Daran erinnere ich mich.“

„Gut. Als wir ins Wohnzimmer kamen, stand Mirta auf der Treppe. Durch irgendeine Bewegung ihres Körpers, ihre Haltung, irgendwas, ich weiß nicht was, hatte ich den Eindruck, dass sie gerade hinaufgehen wollte und sich nur deshalb umdrehte, weil sie unsere Schritte gehört hatte.“

„Daran erinnere ich mich. Mir kam es ebenfalls so vor, als wäre sie nach oben gegangen. Und dass sie ein Glas Wasser für Téo holen wollte, war gelogen.

„Und sie trug ein langes, rotes Kleid.“

Olavo ging zum Telefon und teilte dem Inspektor mit, was Vavá ihm erzählt hatte.

19

In der Stille des Hauses löste die Klingel fragende Blicke aus.

„Wer wird das sein?“, fragte Josefina und ging in den Garten.

An der Hausecke blieb sie stehen und spähte zum Tor. Anita, die in ihren Segeltuchschuhen herbei geschlichen war, stellte sich hinter sie. Sie stützte sich mit der Hand auf Josefinas massiger Schulter ab und richtete sich auf, um besser sehen zu können. Währenddessen täuschte Joana, deren Gesicht jede Farbe verloren hatte, Desinteresse vor und fuhr mit ihrer Arbeit fort.

„Es ist der Polizist, der am Montag so viele Fragen gestellt hat, stimmt's?“

„Er ist es“, bestätigte Josefina.

Olavo öffnete das Tor. Er und der Inspektor gingen den breiten Weg bis zum Eingang des Hauses hinauf. Josefina und Anita duckten sich, sodass sie den Besucher kaum sehen konnten.

„Unglaublich, dass es den Leuten von der Polizei gelingt, sich so zu verhalten, als hätten sie von nichts eine Ahnung“, sagte Josefina.

„Ich finde, der hier sieht aus wie eine Katze, die sich in der Speisekammer vollgefressen hat.“

„Ob die schon was herausgefunden haben?“

Kaum war die Tür des Arbeitszimmers geschlossen, sagte der Inspektor:

„Wir wissen, woher die Juwelen stammen, die hier im Abstellraum gefunden wurden. Sie wurden einer Frau gestohlen, die allein in einem alten Stadthaus wohnte und vor ungefähr einem Monat ermordet wurde."

„Ich habe in der Zeitung davon gelesen", sagte Cristina, „sie wurde erstochen, nicht wahr?"

„Ja. Und anhand des Tathergangs gehen wir davon aus, dass es sich wirklich um den Verbrecher handelt, von dem ich bereits gesprochen habe. Bisher ist es uns nicht gelungen, seinen Aufenthaltsort ausfindig zu machen. Jetzt müssen wir abwarten, bis er kommt, um die Kiste zu holen."

20

Mirta lief schnell durch die belebten Straßen. Dann betrat sie ein Einkaufszentrum. Sie fuhr in den zweiten Stock und ging direkt ins Restaurant. An einem der Tische saß ein Mann, vor sich ein Glas, das er nicht beachtete. Durch das große Fenster zu seiner Rechten schaute er auf die Stadt. Mirta blieb in einigem Abstand stehen und betrachtete ihren Bruder. Wie schade, dass er sich mit den falschen Leuten eingelassen hatte. Aber es war das erste Mal, dass er so etwas getan hatte. Sollte er daraus eine Lehre gezogen haben?

Als er sie bemerkte, schob er ihr einen Stuhl hin und lächelte. Er erinnerte sich daran, dass Mirta immer gerne Fruchtcocktails getrunken hatte und bestellte einen beim Ober.

„Ich habe darüber nachgedacht“, sagte er, „dass ich Dich nicht in Cristinas Haus hätte aufsuchen sollen. Es war kein guter Moment, aber es ging um Spielschulden, die ich in der besagten Nacht begleichen musste.“

„Du solltest nicht weiter darüber nachgrübeln. Es war Geld, das ich im Laufe der Zeit auf die Seite gelegt habe. Es fehlt mir nicht.“

Nachdenklich trank er einen Schluck aus dem kleinen, bauchigen Glas und betrachtete die Flüssigkeit, als würde er sie um Rat fragen. Schließlich stellte er das Glas mit der Entschiedenheit von Jemandem, der eine Entscheidung getroffen hatte, auf den Tisch und fragte:

„Erinnerst Du Dich an dieses Haus mit dem weißen Lagerschuppen, gleich nachdem das Seeufer eine Kurve macht? Es liegt in der Nähe von Carlos Wochenendhaus."

„Ich erinnere mich daran."

„Es gehört einem Freund von mir. Nachdem Du mir das Geld gegeben hattest, habe ich meine Schulden bezahlt und bin dorthin gefahren. Ich habe den Schlüssel. Ich glaube, ich saß ewig vor diesem Schuppen und habe in die Nacht geschaut, auf das Wasser. Und an die Dummheit gedacht, die ich begangen habe. Erst als ich erneut über meine voraussichtlichen Ausgaben nachgedacht und diese auf ein Minimum reduziert hatte, habe ich mich beruhigt. Und ich habe erkannt, dass man mit sehr wenig auskommen kann. Man muss es nur wollen. In drei, spätestens vier Monaten, gebe ich Dir das Geld zurück. Und heute wollte ich Dich treffen, um Dir das persönlich zu sagen."

Mirta versuchte etwas zu antworten, aber er ließ sie nicht zu Wort kommen.

„Ich bestehe darauf es Dir zurückzuzahlen."

„Du weißt gar nicht, wie sehr es mich freut, das zu hören. Nicht wegen des Geldes, sondern weil es mir zeigt, dass Du Deinen gesunden Menschenverstand nicht verloren hast. Leider werde ich mich erst dann richtig freuen können, wenn alles, was Carlos Tod betrifft, der Vergangenheit angehört."

Er senkte den Kopf und schob das Glas auf der Tischdecke hin und her. Der Mord lastete schwer auf ihnen und ließ keine anderen Themen zu. Schließlich ergriff sie das Wort:

„Was die Waffe betrifft, habe ich eine merkwürdige Geschichte gehört. Angeblich gehört sie Carlos, aber an diesem Nachmittag soll er sie nicht mitgenommen haben. Olavo hat den Revolver noch gesehen, nachdem Carlos schon losgefahren war."

Seine Hände verharrten regungslos auf dem Tisch. Er sah seine Schwester an und langsam verließ ihn die Ruhe.

„Weißt Du, was das bedeutet?"

„Natürlich. Nachdem der erste Schock über den Mord vorüber war, wurde mir bewusst, dass wir in eine schreckliche Geschichte verwickelt wurden und es auch weiterhin sind: Einer der Gäste hat die Waffe genommen, ist mitten in der Nacht weggefahren und hat Carlos umgebracht. Und natürlich musste das ganze genau dann passieren, als Téo und ich zu Besuch waren!"

„Doch es muss nicht ganz so gewesen sein. Die Tatsache, dass ich gekommen bin, um dieses Geld zu holen und danach an den See gefahren bin, hat mich auf einen Gedanken gebracht: Warum sollte es nicht ein Komplize gewesen sein? Einer, von dem die Polizei sicher weiß, dass er Cristinas Haus in dieser Nacht nicht verlassen hat, hätte sehr wohl einer anderen Person die Waffe geben können. Dir, zum Beispiel."

Mirta rührte sich nicht. In ihrem Gesicht machte sich eine zunehmende Blässe breit.

„Ich soll Dir die Waffe gegeben haben?"

„Ein Außenstehender könnte das sehr wohl glauben. Wenn man bedenkt, dass sich die Leute egal, ob bei Tag oder Nacht, an den unmöglichsten Orten aufhalten, könnte mich einer gesehen haben und so Verwirrung stiften."

„Welches Motiv hätte ich, Carlos umzubringen?"

„Jeder weiß, wie sehr Du Dich um Téo kümmerst. Und auch was für nette Bescherungen er schon mit Carlos Geld angerichtet hat. Man muss nur die alten Papiere durchstöbern und es werden schon Motive auftauchen, weshalb Téo sich über Carlos Tod freuen könnte. Außerdem werde ich, sollte mich jemand gesehen haben, aussagen und über das Geld sprechen müssen. Und niemand wird glauben, dass ich mitten in der Nacht dort war, ohne ein Motiv zu haben. Fassen wir also zusammen: Ich brauchte dringend Geld, bin dorthin gefahren – mitten in der Nacht, damit keiner etwas erfährt –die Waffe verschwindet aus dem Haus. Danach war ich am Ort des Verbrechens – wo man mich ebenfalls gesehen haben könnte – und meine Schwester und mein Schwager haben sich einer Person entledigt, die von jetzt auf nachher eine Schuld hätte einklagen können, die sie nicht im Entferntesten hätten bezahlen können."

Es dauert eine geraume Zeit, bis es Mirta gelang, ihre Gedanken zu ordnen.

„Dein Pluspunkt ist, dass Du persönlich nichts gegen Carlos hast. Auch wärst Du nicht in Deinem eigenen Auto bis zu Cristinas Haus gefahren und hättest riskiert, dass Dich jemand sieht. Oder wärst die ganze Nacht mit angeschaltetem Licht von weitem sichtbar dort stehengeblieben."

„Genau das könnte ein gewiefter Anwalt vorbringen. Und hinzufügen, dass ich es absichtlich getan habe. Damit alles ganz normal wirkt. Das ist viel besser, als die Dinge heimlich zu machen und sie, falls man erwischt wird, nicht erklären zu können."

„Und all das nur, weil wir nicht wollten, dass Téo von dem Geld erfährt!"

Auf dem Bürgersteig vor dem Einkaufszentrum umarmte Mirta ihren Bruder, sein Körper fühlte sich an wie Haut und Knochen. Mit einem verkrampften, traurigen Ausdruck im Gesicht schaute sie ihm nach, wie er die Straße hinunterging.

21

Der frühe Morgen vertrieb Olavos Schlaf und verwischte die letzten verstreuten Traumbilder. Er war noch müde, doch war er mit der quälenden Gewissheit aufgewacht, dass irgendeines der Bilder die Information enthielt, nach der er so dringend suchte. Er ließ seinen Gedanken freien Lauf, in der Hoffnung, dadurch auf den fehlenden Teil des Traums zu stoßen. Doch es gelang ihm nicht. Also stand er auf, ein weiterer Tag intensiver Beobachtungen lag vor ihm. Ein weiterer Tag voller Gespräche auf der Suche nach dem roten Faden, der ihn zumindest in die Nähe dieses unsichtbaren Netzes führen würde, in dem sich Cristina, die Freunde und der Ermordete verfangen hatten.

Vavá kniete auf dem Boden, grub ein Blumenbeet um und zog Dahlienzwiebeln heraus. Die Blütezeit war vorbei. Jetzt sammelte er sie ein, damit sie sich bis zum nächsten Frühling erholen konnten. In einem Eimer im Schatten ruhten Fresien- und Lilienzwiebeln und strömten einen Geruch nach feuchter Erde aus. Vavá tat so, als hätte er Olavos Anwesenheit nicht bemerkt. Er machte ein verschlossenes Gesicht und hatte den Hut weit in die Stirn gezogen, die Augen fast verdeckt.

„Was hat Fina Dir eigentlich getan?"

Er antwortete nicht.

„Cristina sagte, dass auch Du schon mal dort beim Wochenendgrundstück gewesen wärst. Dass Du den Rasen dort gepflanzt hättest."

Vavá neigte den Kopf nach hinten um Olavo einen Blick zuwerfen zu können. Nur einen Blick. Dann fuhr er fort die Erde umzugraben.

„Es ist schade, dass das Haus am See so weit weg ist. Stell Dir nur diese Blumen dort vor, nahe beim Wasser, wie sie die Garage umgeben, das Haus."

„Das Haus", murmelte Vavá mit nach unten gezogenen Mundwinkeln, wie er es immer tat, wenn er verärgert war.

„Die Garage nicht?"

„Der Boden dort ist immer patschnass. Die Zwiebeln würden verfaulen."

„Ach, ja? Sag bloß! Aber ich garantiere Dir, dass Du was zum Pflanzen finden würdest, wenn Du wolltest."

„Weiße Lilien."

Olavo hielt das schwierige Gespräch für beendet, aber Vavá unterbrach seine Arbeit. Jetzt stand er da, den Kopf gesenkt, nervös drehte er den Griff der kleinen Schaufel zwischen den Fingern.

„Hast Du das schon Cristina gesagt?"

„Ich habe sogar welche gepflanzt. Aber es hat nichts genützt. Diese zwei unverschämten Burschen haben alles zertrampelt."

„Das wusste ich gar nicht. Erzähl, was los war."

Mit dem Fuß scharrte Vavá ein Erdhäufchen zusammen, dabei schaute er zur Küchentür.

„Joana und Fina waren ebenfalls dort?"

„Ja. Und kaum war Dona Cristina mit Fina weggegangen, tauchte schon Ermê auf, mit diesem Freund. Sie haben das Kanu ins Wasser geschoben und dabei alles zertrampelt. Danach, als sie wiederkamen, zogen sie das Kanu über alles drüber, was ich gepflanzt hatte."

Olavo verschlug es beinahe den Atem. Eine falsche Frage konnte Vavás Mund verschließen. Vielleicht sogar für immer. Zumindest, was dieses Thema betraf.

Er näherte sich Vavá, als ob er ihm ein Geheimnis erzählen wollte und flüsterte:

„Ich mag Ermê auch nicht. Ich glaube, er ist nur dorthin gekommen, um Dinge zu tun, die er nicht tun darf. Aber ich garantiere Dir, ich werde alles wieder gut machen."

„Alles. Sogar die Schlüssel hat er benutzt, als wäre er der Hausbesitzer."

Olavo blieb fast das Herz stehen.

Fina, die in der Hintertür stand, unterbrach das Gespräch:

„Das Leben verändert die Menschen wirklich. Noch vor wenigen Jahren hättest Du Dich aufgeregt, wenn das Kaffeekochen zu lange gedauert hätte. Und jetzt kann er auf dem Tisch kalt werden, weil eine Unterhaltung mit Vavá wichtiger ist."

Vavá nahm den Eimer und entfernte sich in Richtung Abstellraum.

„Jetzt wird er sich mit der Entschuldigung, die Zwiebeln verwahren zu müssen, dort bis Mittag einschließen“, klagte sie, „heute ist er mit dem Teufel auf dem Rücken aufgewacht.“

Olavo brachte kein Wort mehr heraus. Er setzte sich in seine Lieblingsecke in der Küche und schlürfte vorsichtig den Kaffee, den Josefina ihm serviert hatte.

22

Olavo rief den Inspektor an. Er wollte wissen, wo oder wann er ihn treffen könnte, weil er etwas sehr Wichtiges und Dringendes mitzuteilen hatte. Man konnte die Nervosität in seiner Stimme durchscheinen hören, was ihm bisher noch nie passiert war. Der Inspektor erklärte sich bereit ihn in Cristinas Haus aufzusuchen. Eine halbe Stunde später war er dar. Er wurde ins Arbeitszimmer geführt, wo Cristina ihn erwartete, sie rauchte bereits ihre zweite Zigarette. Sein Blick streifte den Aschenbecher. Soweit er sich erinnerte, hatte Cristina die letzten Male bei ihren Gesprächen nicht geraucht.

Sobald er die Tür geschlossen hatte, kam Olavo zum Thema:

„Ich habe mit Vavá gesprochen, erinnern Sie sich an ihn?“

„Ja. Es ist Ihnen wohl gelungen, etwas aus ihm rauszukriegen.“

„Er war beleidigt, weil sie seine weißen Lilien, die er in der Nähe der Bootsgarage gepflanzt hatte, zertrampelt haben. Das war letzten Sommer. Wie immer vor Beginn der Sommersaison hatte Cristina Joana und Josefina mit dorthin genommen. Damals war auch Vavá dabei, er blieb mit Joana dort und Cris fuhr mit Josefina zurück. An diesem Tag tauchten Ermê und sein Freund dort auf. Sie zertrampelten die Zwiebeln und zerstörten die Beete, indem sie das Kanu darüber schleiften. Doch am meisten hat mich alarmiert, dass die beiden nach

Vavás Auskunft die Hausschlüssel benutzt hätten, als wären sie die Besitzer."

Der Inspektor konnte nicht ruhig sitzen bleiben. Er begann hin und her zu laufen, wie jemand, der mit sich selbst sprach.

„Davon habe ich nie etwas erfahren", sagte Cristina, „sicher hat Vavá geglaubt, dass ich wusste, dass Joana ihren Sohn dort trifft und war empört darüber. So sehr, dass er sich dieses Jahr geweigert hat mitzukommen, jedoch ohne mir den Grund dafür zu nennen"

„Wer weiß, vielleicht hat Joana ihn bedroht?"

„Sie hat immer sehr schlechte Laune. Es kann sein, dass er Angst vor ihr hat."

„Auch habe ich mich bei mehreren Gelegenheiten darüber gewundert, dass unser Dosenvorrat in der Garage ziemlich abgenommen hatte. Aber Carlos war der Meinung, ich würde mich täuschen. Unmöglich würde dort ein Dieb eindringen und nur ein paar Dosen mitnehmen, vor allem, wenn man den Wert des Motors und all der anderen Dinge, die wir dort aufbewahren, bedenkt. Wir empfangen dort sehr viele Leute und es ist schwierig, bei den kleinen Dingen den Überblick zu bewahren. Also habe ich das Thema unter den Tisch fallen lassen."

„Eine Sache hat mir keine Ruhe gelassen", sagte der Inspektor, während seine Schritte immer energischer wurden, „nicht sehr weit vom Haus entfernt, haben wir Spuren eines Feuers gefunden, das vor kurzem gemacht worden sein muss. Doch keiner macht ein Feuer im Wald, wenn er nur zwei oder drei Stunden dort bleibt. Demnach wollte derjenige, der das Feuer entzündet hat, länger dort bleiben. Vielleicht sogar die ganze Nacht. Und er hatte nicht die Absicht zu fischen, denn er kampierte ziemlich weit vom Wasser entfernt. Aber auf einer Anhöhe, von wo aus er das Haus und die Garage sehr gut sehen konnte. Was hat er dort gemacht? Ein größerer Raubüberfall war nicht beabsichtigt, denn es wurde nichts mitgenommen. Eine Falle für Carlos? Doch der hatte sich erst in letzter Minute entschieden zu fahren. Im Boden befanden sich überdies ein paar Pfähle, als wollte jemand ein kleines Schutzdach oder eine Hütte errichten. Wenn sich jemand für längere Zeit verstecken wollte, das Haus kennen würde, sogar einen nachgemachten Schlüssel besäße und sich mit Essen versorgen könnte, wäre das dann nicht der ideale Ort für ein Versteck?"

Eine Zeit lang sprach niemand.

Dann sagte Olavo mit kaum wahrnehmbarer Stimme:

„Also, diese Person oder diese Personen könnten sehr wohl gesehen haben, was in der Nacht des Verbrechens geschehen ist."

„Genau. Und aus diesem Grund sind sie schnell verschwunden, ohne auch nur ihre Spuren zu verwischen."

23

Olavo schloss sich in seinem Zimmer ein. Er brauchte eine Pause, musste den Alptraum hinter sich lassen. Er schloss die Augen und dachte an den Inspektor, die Bekümmertheit in seinen langen Schritten, seinen geduckten Körper. Eine Katze, die eine Spur verfolgte.

„Es ist nur eine Frage der Zeit", sagte er zu sich selbst und versuchte sich dem Frieden hinzugeben, um dem schmerzhaften Vakuum zuvorzukommen, das einen nach der Schlacht umschloss.

Olavo machte ein Nickerchen. Er schwebte über Gesichter, saphirblaues Wasser, Rasen.

Das Telefon läutete. War es das Piepsen der Waldtaube, das an seinen Nerven zerrte? Das Wasser war nicht mehr blau. Es war voller Schatten. Friedliche Schatten. Weise und friedlich. Sie warteten. Noch ein Verbrechen? Das Piepsen hörte nicht auf. Doch es klang weder musikalisch, noch kam es aus einer Vogelkehle. Es war das Telefon, das schrill läutete. Olavo hob ab, ohne zu wissen, ob er bereits wach war. Es war Elenas Stimme. Sie fragte, ob es ihm gut ginge. Doch ihr Klang war anders. Eine unbestimmte Nuance war in ihr, ein Signal. Olavo war plötzlich hellwach. Er hörte lange zu, dann stellte er Fragen. Ungläubige Fragen, die zeigten, dass er nervös war. Schließlich versicherte er:

„Gut, wir fahren sofort los."

Erst nach dem Gespräch wurde ihm bewusst, was er gehört hatte. Aber er wollte es nicht glauben. Konnte es

sein, dass das Netz die Macht hatte, Entfernungen zu überwinden? Dass das Netz mit der Macht des Todes aus der Ferne das Lasso warf?
Er ging die Treppe hinunter, als müsste er sich an einem Faden herunterlassen. Cristina saß gelassen im Wohnzimmer und zündete sich gerade elegant eine Zigarette an.

„Wer war es?“

„Elena. Und es gibt keine guten Nachrichten.“

„Sag bloß nicht, ihr Mann wurde ebenfalls umgebracht.“

„Das war nicht nötig. Er hat Selbstmord begangen.“

Die Nachricht schwebte zwischen ihnen. Die Worte wollten ihren Inhalt nicht preisgeben. Antonio war Teil dieser Realität. Er lebte.

„Ich glaube es nicht!“

„Ich auch nicht, obwohl es die Wahrheit ist. Elena selbst hat angerufen.“

In jener Nacht wiederholten sie das Ritual der Totenwache. Und am nächsten Tag war die ganze Familie auf dem Friedhof. Freunde, die sich seit Jahren nicht gesehen hatten, entfernte Cousins, die sich nur bei Hochzeiten und Beerdigungen trafen. Alle waren dort versammelt, zum zweiten Mal in einer Woche, marschierten mit ernsten Gesichtern vorbei und sagten Worte, die man von ihnen erwartete.

24

Der Morgen war äußerst ermüdend, die Beerdigung hatte Olavo bedrückt. Als sie endlich zu Hause waren, schaute er seine Schwester an und sagte:

„Stellt euch vor! Jetzt sind nur noch wir drei übrig."

„Ist es nicht gut, dass wir zu den alten Zeiten zurückgekehrt sind?", fragte Cristina.

„Es wird nie mehr so wie früher sein", widersprach Olavo.

„Sei nicht melodramatisch."

„Genau", unterstützte Elena sie, „mach kein Drama daraus!"

Nachdem das Hausmädchen einen Imbiss serviert hatte, gingen alle auf ihre Zimmer. Gegen Abend erschien Elena, leicht glitt sie in ihrem seidenen Morgenrock dahin, das Gesicht wie ein unberührtes Blütenblatt. Olavo wunderte sich, dass er nie bemerkt hatte, wie schön sie war. Schön, zart. Und unerreichbar.

Cristina gesellte sich zu ihnen und machte eine genauere Beurteilung Elenas unmöglich. Olavo bereitete sich darauf vor, die Worte aufzunehmen, die sich über ihn ergießen würden, als würde die Flut den Strand glätten. Sie würden Spuren hinterlassen, taktvoll und doch beharrlich, unbeständig, aber salzig.

„Was ist passiert?", fragte sie.

Elena nahm die Frage so gleichgültig auf, als würde sie in einen Keks oder ein Stück Käse beißen.

„Antonio ging es bereits seit Wochen nicht gut. Was ich am Telefon erzählt habe, beschreibt nicht, wie sehr er mit den Nerven herunter war. Ihr wisst gar nicht, wie sehr ihn das alles hat altern lassen! Und er hat nicht einmal versucht diese Tatsache zu vertuschen. Er, der bis zum letzten Atemzug gekämpft hätte um den Schein zu wahren, hatte plötzlich weißes Haar, sein Gesicht war gealtert und er trug unangemessene Kleidung. Es war wirklich alarmierend."

„Cristina hat bereits erklärt, dass hier etwas Merkwürdiges im Gange war", sagte Olavo, „aber in Anbetracht der Vorgänge in ihrem Haus war ich zu beschäftigt, um über die Sache nachzudenken. Außerdem habt Ihr eine sehr ausgefallene Lebensweise. Herauszufinden, was nicht eurem Lebensstil entsprach, war nicht einfach. Du machst zum Beispiel überhaupt nicht den Eindruck, als wärst Du gerade Witwe geworden. Cris übrigens auch nicht."

Elena nippte an der Tasse. Cristina seufzte.

„Mein lieber Bruder", sagte Elena sanft, „Du selbst wolltest Antonio umbringen. Und auch ich hatte bereits solche Gedanken. Und jetzt willst Du, der einzige Vernünftige in der Familie, dass ich weine, schreie und was sonst noch dazugehört?"

„Du brauchst nicht so zu übertreiben."

„Sei nicht so anmaßend", unterbrach Cristina, „lass Elena reden!"

„Gleich nachdem Du wieder abgereist warst, habe ich über diesen Streit nachgedacht, über Deine Drohungen. Und ich habe den Entschluss gefasst, mich scheiden zu lassen. Um einen konkreten Grund zu haben – Du weißt, wie das Gesetz ist – habe ich einen guten Detektiv engagiert. Er hat mir die Fotos gebracht, die ich benötigte. Einige waren mehr als kompromittierend. Du weißt, wie das ist. Männer sind eine Zeit lang vorsichtig, doch dann setzen sie alles aufs Spiel. An einem Tag ein Abendessen, an einem anderen eine Spazierfahrt mit dem Auto, alles sehr diskret und heimlich. Aber irgendwann ist es ein Drink zu viel und der Arm bleibt auf der Schulter liegen, ein Küsschen in der Öffentlichkeit. Ihr könnt Euch nicht vorstellen, was für eine Wirkung die Fotos auf ihn hatten. Er versprach alles in Ordnung zu bringen, schwor bei der Seele seiner Mutter, dass er mich über alles liebte, dass ihm die anderen nichts bedeuteten. Letztendlich all die Dummheiten, die ich von ihm erwartete. Nicht erwartet hatte ich jedoch, dass er sich ändern würde. Doch er war in jeder Beziehung anders geworden. Als hätte er eine unheilbare Krankheit. Und wie er sich besserte! Er gab das Kartenspiel auf, das Tennis, kam früh nach Hause. Er ließ sogar die alten Zeiten der Verliebtheit wieder aufleben, brachte Blumen, öffnete mir die Autotür, all diese Dinge.“

„Wenigstens hat er das noch getan, bevor er gestorben ist“, sagte Cristina und rührte den Orangensaft um.

„Mehr noch“, fuhr Elena fort, „er interessierte sich wirklich für die Arbeit. Er ging in die Fabrik, informierte sich, machte Vorschläge.“

„Nicht möglich!“, rief Olavo aus.

„Er war nicht mehr er selbst“, bemerkte Cristina.

„Glaubst Du, er hat sich tatsächlich ausführlich mit seinen Angestellten unterhalten?“

„Für jemanden, der sich für einen Gott hielt, dem die Achtung für andere Menschen fehlte, muss er sich wirklich geändert haben.“

„Ihr könnt mir glauben, er gab sich damit zufrieden, ein einfacher Sterblicher zu sein. Natürlich der Intelligenteste. Und ich war schon fast drauf und dran, die Ehe wieder gut zu finden. Aber selbstverständlich konnte ich ihm nicht vertrauen. Und so habe ich auf der Scheidung bestanden. Wir haben getrennt geschlafen. Ich in unserem Zimmer und er im Gästezimmer. Aber als ich an jenem Morgen ins Wohnzimmer kam, lag er auf dem Sofa, auf dem Rücken, mit offenen Augen, daneben das Glas mit den Tabletten, der Abschiedsbrief, voller Reue, die Fotos.“

„Über die Tatsache, dass Antonio freiwillig aus dem Leben geschieden ist, werde ich mich mein Leben lang wundern“, sagte Olavo.

25

Elena packte ihre Koffer. Cristina und Olavo, die ihr Gepäck bereits im Auto verstaut hatten, warteten im Wohnzimmer auf sie. Sie würde einige Tage bei Cristina verbringen. Die Handtasche auf dem Sofa und die über die Lehne geworfene weiße Leinenjacke verbreiteten Aufbruchsstimmung. Cristina streckte die Beine aus und bewegte die Zehen in ihren ebenfalls weißen Mokassins. In ihrem sanft fallenden, mit zarten Blumen bedruckten Kleid und mit dem herb-holzigen Blütenduft, der sie umgab, wirkte sie, als würde sie sich an einem Ort befinden, der nichts mit der brutalen Wirklichkeit zu tun hatte. Olavo dachte darüber nach, in was für unterschiedlichen Welten die Menschen lebten. Seine Gedanken konzentrierten sich auf Ermê. Ohne die Augen von ihren Schuhen zu nehmen, fragte Cristina:

„Meinst Du, sie haben Ermê schon gefasst?"

„Gerade habe ich an etwas gedacht, das der Inspektor mir gesagt hat. Es wird sehr schwierig sein, denjenigen, der Ermê diese Kiste gegeben hat, sofort zu finden. Solche Leute haben keine feste Bleibe. Sie leben in menschlichen Ameisenhaufen, in Ansammlungen von Hütten, wohin ihnen niemandem folgen kann, ohne Aufsehen zu erregen."

„Ist es nicht komisch, dass jemand, der arbeitet, einen festen Wohnsitz hat und Freunde, leicht von der Polizei ausfindig gemacht werden kann und Verbrecher nicht?"

„Darüber habe ich noch nie nachgedacht. Und was die Juwelen betrifft: Da niemand weiß, dass sie nicht mehr in der Kiste sind, muss man eigentlich nur abwarten. Jeden Tag werden so viele Verbrechen begangen, dass man nur ein paar Monate verstreichen lassen muss, bis der Mord an dieser Frau vergessen sein wird. Dann sucht sich der Ganove ein Plätzchen, an dem er wohnen kann – an dem er sogar Ermê aufnehmen kann – und verlangt die Kiste zurück. Und genau deshalb wird die Polizei warten, bis jemand kommt, um die Kiste zu holen. Und sollte Ermê allein auftauchen, würden sie ihn nicht einmal festnehmen. Aber jetzt, nach Carlos Tod, werden sie Ermês Freund kriegen."

„Und das wird den Verbrecher nicht in die Flucht schlagen?"

„Auf keinen Fall. Es wird nicht lange dauern, dann kennen alle den Grund für Ermês Vorladung. Sobald der Bandit erfährt, dass Ermê das Versteck der Juwelen nicht kennt, wird er abwarten, bis Gras über die Sache gewachsen ist. Andererseits weiß Ermê nichts vom Verdacht der Polizei, dass er am See gewesen ist. Deshalb wird er kommen, um seine Mutter um Geld zu bitten. Tut er das nicht jeden Monat?"

„Doch. Sie bekommt ihr Gehalt am dreißigsten und am nächsten Tag steht er vor der Tür."

„Heute ist der dreißigste."

„Dann werden sie Ermê morgen kriegen, wollen wir wetten?"

„Und das Witzige an der Geschichte ist, dass Ermê, hätte der Bandit kein Versteck für die Juwelen gebraucht, in der Nacht, in der Carlos ermordet wurde, seelenruhig im Stadtzentrum Brieftaschen geklaut hätte. Denn nur weil irgendein Polizist wegen dieser gestohlenen Jacke hinter ihm her war, hätte er sich nicht versteckt. Es ist ganz wie der Inspektor gesagt hat: Der Räuber hat Ermê dazu gebracht sich zu verstecken."

„Und dann hätten wir keinen Zeugen für das Verbrechen am See."

„Da bin ich mir ziemlich sicher."

„Habe ich zu lange gebraucht?", fragte Elena, die gerade erschienen war.

„Das ist schon in Ordnung", antwortete Olavo und ging ihre Koffer holen.

26

Der Tag begann mit kräftigen Farben. Obwohl es noch nicht einmal acht Uhr morgens war, erwärmte die Sonne – eine riesige, in Nebel gehüllte Orange – bereits den Innenhof und verwandelte die Feuchtigkeit der Luft in eine tropische Wärme, die Regen ankündigte. Olavo ging zur Küche. Vavá saß zusammengesunken auf dem Schemel in der Nähe des Herdes, das Gesicht hinter der Kaffeetasse versteckt, den Hut auf den Knien.

„Endlich hast Du mal Zeit Dich in diesem Haus auszuruhen", sagte Josefina und schaute zufrieden auf den Frühstückstisch, den sie für Olavo vorbereitet hatte.

„Schau, was ich für Dich habe: Maulbeergelee. Ich hab mich daran erinnert, wie ihr früher löffelweise Gelee gegessen habt, so sehr habt ihr es gemocht. Und Deine Lieblingsmarmelade, Pflaume, dazu frisches Brot aus Weizen- und Maismehl. Es ist noch ganz warm."

Olavo atmete den Duft des dicken, goldbraunen, noch dampfenden Brotlaibs ein und verspürte einen feinen Stich in seiner Brust, in seiner Seele.

„Werden wir eines Tages wieder so glücklich sein, wie wir es früher waren, Fina?"

Sie setzte sich und fing an den Saum der Schürze aufzurollen.

Langsam wie ein Schlachtschiff durchquerte Joana die Küche Richtung Speisekammer. Vavá griff nach seinem

Hut, setzte ihn auf den Kopf und versenkte diesen soweit, bis sogar die Ohren nach unten geklappt wurden.

„Das ist seine Art von Protest“, erklärte Fina, „er findet, sie verdient es nicht, dass er wegen ihr den Hut abnimmt, selbst wenn er sich im Haus aufhält.“

„Telefon für Sie“, sagte Anita mit vor Sorge schriller Stimme.

Sehr langsam stand Olavo auf. Nach Carlos Tod warteten alle in diesem Haus sehnsüchtig und ängstlich auf irgendeine Nachricht.

„Um diese Zeit kann es nur etwas Wichtiges sein“, sagte er und nahm den Hörer entgegen.

Anita blieb an der Tür stehen und drehte sich um, versteinert vor Neugier. Josefinas Hände lagen jetzt ruhig und untätig auf den Beinen, sie blickte Olavo besorgt, aber bestimmt an. Sogar Joana, die immer mit einem Ohr bei dem war, was die anderen sagten, hielt auf ihrem Weg in die Speisekammer inne. Als sie sah, wie Olavo blass wurde und sich sein Körper wegen der Neuigkeiten straffte, bekam sie weiche Knie und musste sich hinsetzen.

„Ja“, sagte Olavo, „wir werden warten.“

Einige Augenblicke blieb es völlig still. Angespannte Gesichter richteten sich fragend auf ihn. Doch er konnte nur sagen:

„Das war der Inspektor. Er kommt hierher. Es scheint, als hätten sie den Mörder bereits gefasst.“

Dann verließ er die Küche in Richtung Cristinas Zimmer.

27

Seit über einer halben Stunde war es im Haus absolut still. Im oberen Stockwerk kündigte Olavo seinen Schwestern das Kommen des Inspektors an. Voller Ungeduld machte er sich auf den Weg zum Tor, um ihn dort zu erwarten. Unterdessen begaben sich Elena und Cristina ins Arbeitszimmer. Die Angestellten schlichen durchs Haus, als ob sie schwebten. Als die Klingel ertönte, stieß Anita einen Schrei aus. Josefina griff sich ans Herz, Joana wurde kreideweiß und Vavá flüchtete sich in den Geräteschuppen. Wie schon ein paar Tage zuvor, ging Olavo mit dem Inspektor den Weg zum Haus hinauf, doch jetzt schien er endlos zu sein.

Im Arbeitszimmer begrüßte der Inspektor die Frauen. Auch wenn seine Bewegungen genauso lebhaft wie immer waren, offenbarten seine Augen große Müdigkeit. Er kam ohne Umschweife zur Sache.

„Erinnern Sie sich an dieses kupferfarbene Auto, von dem Vavá gesprochen hat?“

„Ja“, sagte Cristina.

„Nun denn, es gehört dem Bruder einer Freundin von Ihnen. Sie heißt Mirta. Er hat nicht nur zugegeben, dass er in der Nacht des Verbrechens hier gewesen ist, sondern auch, dass er ganz in der Nähe des Ortes war, an dem Carlos ermordet wurde.“

Olavo öffnete den Mund, brachte jedoch kein Wort heraus. Cristina schien keinerlei Interesse zu haben, seelenruhig zündete sie sich eine Zigarette an. Elena hörte den Ausführungen des Inspektors beinahe belustigt zu.

„Nun denn“, fuhr der Inspektor fort, „er hat die Nacht in einem Haus beim See verbracht. Sehr nahe beim Wochenendhaus.“

„Ich kenne den Besitzer des Hauses“, sagte Cristina.

„Überdies hat er versichert, sehr lange vor dem Lagerschuppen gesessen zu haben. Von dort aus ist es fast unmöglich, die Schüsse in der Stille der Nacht nicht zu hören. Es könnte sein, dass er lügt. Aber die Geschichte ist noch nicht zu Ende. Wie Sie wissen, ist der Weg, der die Häuser am See mit der Asphaltstraße verbindet, voller Schlaglöcher. Außerdem ist er sehr schmal. Nun behauptet dieser Bursche, dass ihm nach der Abzweigung, also auf dem Stück, das nur zu drei Häusern führt, ein Auto entgegenkam. Was ihm natürlich nicht entgehen konnte. Und weil der Weg dort so schmal war, hielt er an einer etwas breiteren Stelle an, um das andere Auto vorbeizulassen. Auch wenn er die Person nicht beschreiben konnte, er ist sicher, das Auto genau gesehen zu haben. Das war ein sehr guter Hinweis für uns. Doch am Wichtigsten ist: Wenn er die Wahrheit gesagt hat, wurden die Schüsse abgegeben, bevor er dort ankam und auch bevor die Person im anderen Auto von dort weggefahren ist.

Ohne sich zu rühren hörten die drei dem Inspektor zu, der vor Begeisterung nicht mehr an sich halten konnte. Wie bereits einige Tage zuvor, stand er auf und begann im Raum auf und ab zu gehen. Plötzlich blieb er in der Nähe des Fensters stehen. Draußen wurde es langsam dunkel und der Himmel färbte sich schwarz.

„Auch Ermê haben wir gefasst“, sagte er und schaute dabei die Zuhörer an, „zuerst hat er noch geleugnet, dort gewesen zu sein. Aber er konnte nicht abstreiten, dass er vor der Polizei auf der Flucht war. Daraufhin sagte ich, dass er den Garagenschlüssel benutzt hatte, als er mit seiner Mutter dort gewesen war und dass er sehr wohl einen Nachschlüssel haben könnte. Ich zeigte ihm einige Essenspackungen, dieselbe Sorte, wie die in der Bootsgarage. Teures Zeug. Verpackungen, die in der Nähe der Feuerstelle gefunden wurden. Und dann machte ich ihm klar, dass die Garage nicht aufgebrochen worden war. Folglich war das Essen von jemandem herausgeholt worden, der den Schlüssel hatte. Nachdem er bereits mehr als erschrocken war, habe ich ihm ein Angebot gemacht: Dass die Polizei alles, was er bisher angestellt hat, vergessen würde, wenn er alles erzählte, was er in dieser Nacht gesehen hat. Daraufhin berichtete er, dass er einen kleinen Unterschlupf in der Nähe der Garage gebaut hatte, weil er sich so an den Essensvorräten im Wochenendhaus bedienen und, sollte das Wetter schlecht bleiben, die Garage benutzen konnte. Denn gewöhnlich kam niemand zum Wochenendhaus, wenn es regnete. Er gab sogar zu, mehrere Male dort gewesen zu sein, häufig genug, um die Gewohnheiten der Familie zu kennen. Er fand es seltsam an einem Freitag, in der Nacht des Verbrechens, ein Auto gehört zu haben, da die Familie in der Regel erst samstags dorthin kam und meist gegen Sonntagabend wieder zurückfuhr. Deshalb hatte er die Lage ausgekundschaftet und sich gewundert, dass Carlos allein gekommen war. Danach ist er zurückgegangen, um zu essen und war schon fast eingeschlafen, als er erneut ein Auto hörte. Er wurde neugierig und wollte herausfinden, ob noch jemand gekommen war oder der Besitzer des Hauses wegfahren würde. Bis auf einen Umriss im Dunkeln konnte er das Auto, das auf der anderen Seite der Garage geparkt war, nicht erkennen. Genauso wenig sah er, wer gekommen war, da derjenige bereits im Haus verschwunden war. Danach lag er ziemlich lang auf der Lauer und wollte sich gerade zurückziehen, als er drei Schüsse hörte. Kurz darauf sah er eine Frau herauskommen. Das Gesicht konnte er zwar nicht erkennen, doch zumindest konnte er uns eine gute allgemeine Beschreibung liefern. Verbindet man diese Details mit dem Auto, das Mirtas Bruder gesehen hat, führt uns das zu Adélia."

Eine lange Zeit sagte niemand ein Wort.

„Und was sagt sie?", fragte schließlich Olavo.

„Sie hat es gerade zugegeben."

„Und was war das Motiv?"

Der Inspektor sah entschuldigend zu Cristina.

„Sagen Sie es", bat sie, „ich werde es sowieso erfahren."

„Es sieht so aus, als hätten sie eine Affäre gehabt."

Sie schien nicht überrascht. Der Inspektor fuhr fort:

„Und sie erzählte eine ziemlich wirre Geschichte über eine dritte Person, die ebenfalls beteiligt gewesen sein soll. Meiner Erfahrung nach handelt es sich wieder um einen jener Fälle, in dem die Wahrheit nie ganz ans Licht kommen wird."

28

Als die Angestellten von der Verhaftung Adélias erfuhren, überschlugen sich ihre Stimmen. Sie mochten sie und wollten es nicht glauben.

Olavo war in seinem Zimmer. Er lehnte sich ans Fenster. Der Tag, der so farbenprächtig begonnen hatte, war jetzt in einen leichten, kalten Regen gehüllt. Tröpfchen fielen auf trockene Stängel und brachten das Gras zum Rascheln. Schwere Tropfen fallen von der Dachrinne herab und sind nur zu sehen, wenn sie sich von den Dachziegeln lösen und dann wieder, wenn sie auf den Kacheln zerplatzen, wobei sie die Beete benetzen. Der Weg, den sie vom Dach bis zum Boden zurücklegen, verliert sich in diffusem Licht...

Wie viele Jahrhunderte waren vergangen, seit er von diesem Fenster aus gesehen hatte, wie die Kiste zum Abstellraum geschleift worden war? Er musste sein altes Zeitgefühl wiederbekommen. Und es würde ihm gelingen. Denn der bösartige Faden, der die anderen während all dieser Tage verbunden hatte, hatte ihn ausgelassen. Cristinas Art hatte ihn gequält und gekränkt, mehrmals hatte er darauf gedrängt, sie möge ihm etwas anvertrauen. Sie hatte sich geweigert. Noch immer war Olavo davon überzeugt, dass sie mehr wusste, als sie bereit war zuzugeben. Doch zumindest war er nicht mehr so angespannt und besorgt. Der Tod von Carlos hatte dieses merkwürdige Klima der Erwartung zerstört, sodass er, allen Vorahnungen zum Trotz, befreit zurückfahren würde.

Er legte den Koffer auf das Bett und begann seine Sachen aus dem Schrank zu nehmen. Dann wurde er zum Mittagessen gerufen. Er setzte sich an den Tisch und beobachtete, wie Cristina Soße über das Fleisch goss und Elena die Serviette auffaltete. Verschwommene Erinnerungen aus einer fernen, guten Zeit überlagerten die Ereignisse und vereinten die Gegenwart mit dem Tag seiner Ankunft, als ob sich diese endlosen zwei Wochen nie ereignet hätten. Er aß die Krabbenvorspeise, betrachtete ohne Eile den Salat, die Farben, die grüne, orange und violette Muster bildeten. Genussvoll atmete er den leckeren Bratenduft ein.

Während der Mahlzeit sprachen sie über Banalitäten und Olavo war von einem inneren Frieden erfüllt, den er so seit langem nicht mehr gespürt hatte.

„Hast Du die Koffer gepackt?“ fragte Cristina, als sie ihm den Nachtisch reichte.

„Das hatte ich eigentlich vor, doch stattdessen habe ich alles im Zimmer verstreut.“

„Habe ich nicht gesagt, dass Du eine Frau an Deiner Seite brauchst?“

„Ich werde darüber nachdenken.“

„Wenn Du fertig bist, komm in mein Refugium, wir wollen vor dem Abendessen etwas trinken. Ein kleines Abschiedsfest.“

Olavo klopfte an die Tür des kleinen Wohnzimmers, das zum Zimmer der Schwester führte. Cristina öffnete. E-lena saß in der Nähe des Fensters. Sie hielt ein Glas mit einem orangefarbenen Getränk in der Hand und fragte, was er trinken möchte. Dann stand sie auf und bereitete die Mischung aus Gin, Ananassaft und Blue Curaçao vor. Als sie ihm den Drink entgegenstreckte, sagte sie:

„Cristina hat Recht, wenn sie meint, dass Du Dich in diesem Büro isolierst. Mehr noch: Du glaubst wir sind leichtfertig, flatterhaft, unfähig Stellung zu nehmen und Ereignisse zu beeinflussen. Besonders ich. Du hast mich behandelt, als würde ich nur tun, was mir Spaß macht, als ließe ich das Leben vorbeiziehen und würde nur das Geld verschwenden, das unser Vater uns hinterlassen hat. Damit Du beruhigt zurückfahren kannst, haben Cristina und ich beschlossen Dir zu erzählen, was hier in den letzten Monaten tatsächlich passiert ist. Und Du wirst sehen, dass Du Dir letztendlich nicht wirklich Sorgen um uns machen musst."

„Es macht mich glücklich, dass ich ruhigen Gewissens abreisen kann."

Über der Anrichte, auf der die Getränke stehen, hing ein Spiegel, in dem Cristina gerade aufmerksam ihr Gesicht untersuchte.

„Ich sehe verbraucht aus, wie ein alter Putzlappen", bemerkte sie, „nicht mehr lange, dann bin ich voller Falten und habe weiße Haare."

Olavo fing an zu lachen. Sie protestierte:

„Du glaubst es nicht, stimmt's?"

Sie suchte eine Falte, ein graues Haar, die ihr Leiden beweisen sollten und bedauerte es beinahe, nichts zu finden.

„Also, Elena und ich haben entschieden, Dich über das, was wirklich in diesen zwei Wochen geschehen ist, ins Bild zu setzen. Danach wirst Du mir zustimmen, dass ich Ferien verdient habe. Du weißt, dass ich mich Hals über Kopf in Carlos verliebt habe, so überstürzt, dass ich sogar Fernando gegen ihn eingetauscht habe, stell Dir vor!“

„Das hat man davon, wenn man voreilig ist“, meldete Elena sich zu Wort.

„Aber Du kannst Dir nicht vorstellen, wie sehr Carlos sich nach der Heirat verändert hat. Es war, als hätte er bereits all seine Munition verbraucht um mich zu erobern.“

„Ich habe Dich immer gewarnt, dass er nicht viel hat“, warf die Schwester ihr vor.

„Und wie ich es bereut habe! Was unser Liebesleben betraf, war Carlos wie ein Hundertjähriger, ein alter Mann. Eine aufregende Nacht bestand für ihn aus einem guten Abendessen, einem guten Wein und den Nachrichten. Und wenn er über etwas sprach, dann über seine Arbeit.“

An diesem Punkt angekommen, nahm sich Cristina noch einen Drink.

„Anfangs war ich überzeugt, dass mit mir irgendetwas nicht in Ordnung sei. Und ich habe mich sehr schlecht gefühlt, das kannst Du mir glauben. Natürlich habe ich versucht mit ihm darüber zu reden. Aber er wich mir aus. Oder er schob Müdigkeit vor. Damals verspürte ich zum ersten Mal den Wunsch ihn umzubringen."

Olavo verschlug es beinahe den Atem. Elena öffnete eine Dose mit Cashewnüssen und leerte den Inhalt in eine Schüssel, die sie neben den Bruder stellte.

„Natürlich hätte ich keinen Mord begangen. Letztendlich waren meine Motive nicht stark genug. Also fasste ich den Entschluss mich seiner zu entledigen, indem ich ihn um die Scheidung bat. Doch ich konnte nicht zulassen, dass er mir nichts, dir nichts verschwinden würde. Deshalb fing ich an, seine Selbstsicherheit zu untergraben. Ich lud feierfreudige Leute ein, die sich gerne amüsieren. Und machte ihm deutlich, wie sehr er sich von ihnen unterschied. Ebenso lud ich ehemalige Freunde von mir ein, was ihn in einen Daueralarmzustand versetzte und zermürbte. Das war der Stand der Dinge, als mir Carlos merkwürdiges Verhalten aufzufallen begann. Kleine Versehen, Ausflüchte, Verspätungen. Damals vermutete ich zum ersten Mal, dass er sich mit irgendeiner Frau traf."

„Ach, tatsächlich?" rief Olavo etwas zu laut, doch bereute es angesichts der überraschten Gesichter der Schwestern sofort.

„Eine Frau weiß es, wenn der Mann eine andere hat."

„Und auch Männer wissen es, wenn die Frau einen anderen hat", fügte Elena hinzu und schaute ihm direkt in die Augen „und sie können rachsüchtig werden."

Olavo tut so, als hätte er nichts gehört.

„Mich hat es richtig gehend aufgemuntert", sagte Cristina fröhlich.

„Was soll das heißen?"

„Ist doch ganz klar! Vor der Trennung von ihm hätte ich die Gelegenheit mich auf seine Kosten und wer weiß, vielleicht auch auf die seiner Geliebten zu amüsieren. Das wäre ein Ausgleich für die Langeweile gewesen, die ich wegen ihm ertragen musste. Damals fing ich an mir auszumalen, welche Frau heimliche und folglich ermüdende Treffen mit einem Mann wie Carlos haben könnte. Es konnte nur jemand sein, der sich mit sehr wenig zufrieden gibt. Und er? Unsicher, bequem und ohne jegliche Begabung ein Liebhaber zu sein, versuchte er lediglich sein Gleichgewicht wiederzufinden. Ich dachte sofort an Adélia, ihre grenzenlose Hingabe. Immer bereit, Überstunden für Carlos zu machen, Arbeit mit nach Hause zu nehmen. Auch bemerkte ich eine gewisse Verlegenheit im Umgang mit mir. Eigentlich versuchte sie, mir aus dem Weg zu gehen. Dann habe ich ein Wochenende am See organisiert. Nur wir drei. Schon am ersten Tag ließ ich Adélia das Geschirr spülen. Carlos ruhte sich in unserem Schlafzimmer aus, wie er es immer nach dem Mittagessen tat. Ich sagte, dass ich einen langen Spaziergang machen wollte. In Wirklichkeit ging ich nur ums Haus herum und blieb unter dem Fenster unseres Zimmers stehen. Adélia lief umgehend zu Carlos um herauszufinden, warum ich sonst niemanden eingeladen hatte, ob ich misstrauisch geworden wäre. Er sagte, dass das nicht so wäre, dass ich sehr glücklich sei. Als ich zurückkam, versuchten sie es mir so angenehm wie möglich zu machen. Schon das hätte gereicht um mir Gewissheit zu geben, dass sie etwas zu verbergen hatten."

„Aber Adélia? Ich kann es nicht glauben!", sagte Olavo, „was hat er nur an ihr gefunden?"

„Nichts. Er hat sie nur benutzt um sein angekratztes Selbstbewusstsein wiederherzustellen."

„Damals wurde mir klar, dass ich nun wesentlich aufregendere Möglichkeiten hatte, als anfangs gedacht. Mit der Wahl Adélias hat Carlos nicht nur bewiesen, dass er kein guter Liebhaber war, sondern ihm auch jeder Scharfblick fehlte, um zu erkennen, mit wem er sich einließ."

„Was genau willst Du damit sagen?"

„Adélia ist ein introvertierter, einsamer Mensch. Was sie zu einer leichten Beute macht. Aber sie ist auch unheimlich liebebedürftig. Eine von der Sorte, die, wenn sie mal jemandem oder etwas ins Herz geschlossen haben, nicht mehr loslassen. Genauso, wie sie es mit Freunden oder der Arbeit machen. Und jetzt stell Dir so jemanden mit einem Liebhaber vor! Alles in allem ein Mensch, der gefährlich werden kann. Und auf der anderen Seite Carlos, der, obwohl er nur selten Eifer entwickelt, immer dann zur Übertreibung neigt, sobald er sich für etwas begeistert. Das wird er auch bei ihr getan haben. Indem er mehr versprach, als er halten konnte.

All das ereignete sich vor zwei Monaten. Schon damals habe ich unser gemeinsames Wochenende bis ins kleinste Detail geplant. Ich habe sogar Fernando gebeten, ein neues Teil für den Bootsmotor, den er in der Woche zuvor repariert hatte, zu besorgen.

Dann fing ich an meinen Plan in die Tat umzusetzen.

Erinnerst Du Dich an den Samstagmorgen, als die ersten Gäste eintrafen? Du wolltest zum Mittagessen runtergehen und hast an die Tür meines Zimmers geklopft. Doch Du wolltest nicht hereinkommen, hast nur Deinen Kopf durch den Türspalt gesteckt. Adélia und ich haben uns gerade unterhalten, erinnerst Du Dich?“

„Ja. Ich hatte das Gefühl, in eine sehr merkwürdige Situation geplatzt zu sein und bereute mein Klopfen sofort.“

„Das war auch gut so. Denn ich wollte Adélia gerade etwas gestehen.“

Olavo ließ beinahe das Glas fallen.

„Du würdest nie ein Geständnis ablegen, nicht mal, wenn man Dich foltern würde. Schon gar nicht Adélia gegenüber und erst recht nicht nach allem, was Du über sie herausgefunden hattest.“

„Nun, an diesem Morgen rief ich Adélia in mein Zimmer. Nachdem sie hereingekommen war, schloss ich die Tür und sagte: *Ich weiß, dass mein Mann eine Geliebte hat!* Du hättest sehen sollen, wie schockiert sie war. Es hätte nicht viel gefehlt und sie wäre tot umgefallen. Und dann fügte ich hinzu: *Ich habe das in seinen Sachen gefunden, schau mal!* Es war ein Brief, den ich selbst auf rosafarbenes, parfümiertes Papier geschrieben hatte. Darin erklärt eine Frau wie glücklich sie wäre, dass Carlos entschieden hätte mich um die Scheidung zu bitten, damit sie heiraten und weit weg von hier wohnen könnten. Adélia las den Brief wieder und wieder. Nicht das Geringste hat sie bemerkt, obwohl der Inhalt ziemlich lächerlich war. Sie stand kurz vorm Zusammenbruch. Und dies war der Vorteil, auf den ich gesetzt hatte. Stell Dir vor, was sie empfunden haben muss! Dass ihr so etwas passieren musste, trotz ihrer grenzenlosen Hingabe! Gerade als ich ihr gegenüber bemerkte, dass er wirklich den Tod verdienen würde, hast Du an die Tür geklopft. Ich verwahrte den Brief in der Schublade und wir gingen hinunter. Dann setzte ich den zweiten Teil meines Planes in die Tat um: Ich brachte Carlos auf die Idee, bereits am Samstag zum Wochenendhaus zu fahren, um die Reparatur des Motors zu beschleunigen. Auch die Anderen würden ihn dazu ermuntern. Und da er sich sowieso gerne absetzen wollte, würde er zustimmen."

„Was hast Du geglaubt, würde passieren?" fragte Olavo unsicher.

„Eins war sicher: nie würde Adélia sich die Gelegenheit entgehen lassen, Carlos im Wochenendhaus zu treffen um ihn zur Rede zu stellen. Sogar den Streit stellte ich mir vor: *Es hat keinen Sinn, ich habe sogar den Brief gesehen!* Und er: *Welchen Brief? Es gibt kei-*

nen Brief, das ist eine Lüge! In diesem Moment würde sie es bereuen, keine Waffe mitgenommen zu haben, denn in ihrer Verzweiflung noch als Lügnerin bezeichnet zu werden, wäre einfach zu viel für sie gewesen. Auf jeden Fall hätte das ihre Beziehung beendet. Und der Witz ist, Carlos hätte mich nie irgendetwas fragen können. Schon allein dafür hätte sich meine Anstrengung gelohnt. Andererseits hätte sie sehr wohl eine Waffe mitnehmen können. Es hing alles davon ab, wie wütend sie gewesen wäre. In diesem Fall hätte sie wahrscheinlich geschossen. Sicherheitshalber habe ich, gleich nachdem sie das Zimmer verlassen hatte, in der großen Schublade in Carlos Arbeitszimmer nachgesehen."

„Dabei bist Du nie auch nur in die Nähe der Schublade gekommen."

„Das habe ich immer behauptet. Aber natürlich habe ich manchmal nachgesehen, was Carlos da versteckt hatte. Und dieses Mal war die Waffe verschwunden."

„Du hast es die ganze Zeit gewusst und nie etwas gesagt?"

„Was hätte ich sagen sollen? Ich habe nicht gesehen, dass Adélia die Waffe genommen hat. Und offen gestanden, je mehr Zeit verging, für desto unwahrscheinlich hielt ich es, dass Adélia schießen würde. Es ist eine Sache sich etwas vorzustellen und eine andere die Realität zu erleben. Deshalb musste ich beinahe lachen, als ich Carlos mit diesem albernen Gesicht ausgestreckt am Boden des Wochenendhauses liegen sah."

„Du musstest beinahe lachen?“

Olavo fühlt sich, als würde sich ein Netz um ihn herumwickeln. Eigentlich hatte sie ihn seit seiner Ankunft eingewickelt. Denn wäre es nicht so gewesen, wäre er dann nicht gleich, nachdem die ersten lärmenden Gäste angekommen waren, abgereist?

29

Elena goss ein paar Tropfen Grenadine in ihr Glas. Cristinas Augen lächelten, während ihre makellosen Zähne in die hauchdünnen, knusprigen Schichten einer Pastete bissen. Sie bot Olavo eine an, er lehnte ab. Er war blass und bekümmert und musste seine ganze Kraft zusammennehmen um seine Gedanken von all dem, was er gerade gehört hatte, abzulenken. Seine letzte Hoffnung war, einen angenehm leichten Bericht von Elena zu hören.

„Olavo", fing sie an, „erinnerst Du Dich an den Tag deines Besuches, als Du Dich mit Antonio geprügelt hast?"

„Wie sollte ich das vergessen? Schließlich fange ich nicht jeden Tag Streit mit jemandem an."

„Sehr lobenswert. Streiten hat noch nie etwas gebracht."

„Was Antonio betrifft, musste endlich jemand etwas unternehmen."

„Und wer sagt, dass niemand etwas unternommen hat?"

Ein Gefühl der Gefahr, des Unglücks überkam Olavo. Er versuchte vernünftig zu denken, aber das einzige, das ihm einfiel, war sich zu fragen, ob er je wieder in der Lage sein würde, so unbekümmert wie früher einen Drink zu sich zu nehmen.

„Schon bei Deinem letzten Besuch konnte ich Antonio nicht mehr ertragen."

„Nicht verwunderlich, ich habe nie verstanden, warum Du ihn geheiratet hast.“

„Und was tut man, wenn man sich in jemanden verliebt und Tag und Nacht nur noch an diesen Menschen denken kann?“

Olavo antwortete nicht.

„Er weiß es nicht“, sagte Cristina, „erklär' es ihm.“

„Man heiratet!“

„Selbst wenn es sich um jemanden wie Antonio handelt?“

„Warum denn nicht? Wenn man nicht heiratet, verfolgt einen diese Leidenschaft das ganze Leben, bis man irgendeinen Kretin für den perfekten Mann hält. Obwohl man nie einen Ehemann fände, der im Vergleich noch schlechter abschneiden würde. Doch im täglichen Zusammenleben löschen die Fehler unsere Phantasien aus, bis wir den Menschen wahrnehmen, wie er wirklich ist. Aber Du brauchst nicht zu glauben, dass ich nicht wusste, wie Antonio ist. Immer musste er seine Muskeln und seinen Charakter zur Schau stellen um Frauen für sich zu gewinnen.“

„Oder anders ausgedrückt“, sagte Olavo, „um sich mit reichen Frauen zu umgeben.“

„Genau. Aber ich war wahnsinnig in ihn verliebt. Und ich wollte nicht die Gelegenheit verpassen sehr aufregende Momente zu erleben.“

„Aber musstest Du gleich heiraten?“

„Ich wurde sehr besitzergreifend, wollte, dass er nur für mich da ist. Im Rahmen seiner Möglichkeiten natürlich. Ich war mir bewusst, dass unsere Ehe nicht lange halten würde, aber es würde ein unvergesslicher Abschnitt meines Lebens werden. Deshalb warnte ich ihn auch: Sollte er sich mit irgendeiner anderen Frau einlassen, wäre zwischen uns alles aus. Und tatsächlich war unser Leben anfangs sehr angenehm. Die Hochzeitsreise in die Berge, ein kleines Hotel mit weißen Balkonen und Bougainvilleas. Und er immer aufmerksam und fröhlich, schenkte mir duftende Fresiensträuße mit Kärtchen, die ich aufbewahrte. Danach die Feste, die Reisen und alles andere. Doch dann kam der Alltagstrott. Und bald erfüllte sich Deine Vorhersage, dass sich ein Mensch wie er, egal, was er zu verlieren hat, nicht mit einer Frau zufriedengeben kann. Ebenso wie er denkt, dass egal, wie schlecht er sich benimmt, letztendlich alles gut ausgehen wird. Und genau an diesem Punkt waren wir bei Deinem Besuch angelangt. Die Ehe langweilte ihn aufs äußerste und er war auf der Suche nach neuen Liebschaften. Offensichtlich war er davon überzeugt, die Geschichte würde ein gutes Ende haben. Nur, dass ich mittlerweile meiner Illusionen beraubt worden war und mit dem Gedanken spielte, mich von ihm zu trennen."

„Und warum hast Du mir nichts gesagt?"

„Weil Du ungeduldig und radikal bist. Du willst alles sofort erledigen. Selbst wenn es um Menschen geht: Streiche diesen und ersetze ihn durch jenen. Addition und Subtraktion. Die Gefühle sind Nebensache. Du hättest darauf bestanden, dass ich mich scheiden lasse. Einfach so mir nichts, dir nichts."

„Und wäre das nicht das Beste gewesen?"

„Nicht ohne für die Enttäuschungen, die er mir angetan hat, zu büßen, selbst wenn sie vorhersehbar waren. Deshalb habe ich einen Detektiv engagiert um ihn zu überwachen. Was ich brauchte, waren kompromittierende Fotos."

„Eine sehr unangenehme Sache."

„Unangenehm? Ich wollte mich nur amüsieren!"

„Amüsieren?"

„Hab ich es nicht gesagt", spottete Cristina, „er hat nicht die geringste Ahnung, wie faszinierend das Leben sein kann."

„Nun, ich habe sofort erkannt, wie viel mir diese Fotos einbringen könnten. Beinahe hätte ich noch in Anwesenheit des Detektivs angefangen zu feiern. Antonio und ich hatten eine klare Abmachung. Er fühlte sich sicher, weil er ein Schurke war, der ewige Liebe schwört und die Frau dadurch überzeugt, dass er die anderen der üblen Nachrede bezichtigt, des Neides, weil sie es nicht ertragen können, ein glückliches Paar zu sehen ohne Lügen zu verbreiten. Doch ein eindeutiger Beweis würde seinem schönen Leben ein Ende bereiten. Und ich wollte herausfinden, wie weit er gehen würde, um es zu erhalten. Also habe ich eines der Fotos in einen Umschlag gesteckt und es ihm per Post zugeschickt. Du kannst Dir nicht vorstellen, was ein zwölf mal neun Zentimeter großes Stück Papier aus einem Menschen machen kann! Antonio kam pünktlich wie eine Präzisionsuhr nach Hause, brachte Blumen, schob mir den Stuhl hin, hinterließ überall im Haus Liebesbriefchen."

„Ein Verhalten, das die meisten Männer nie an den Tag legen", fügt Cristina hinzu und schaut vorwurfsvoll zu ihrem Bruder.

„Deshalb erhielt er ab und zu ein Foto. Nie eine Drohung oder eine Geldforderung."

Elena macht eine Pause. Ihre zarte Hand greift zu einer blauen Steingutschüssel, aus der sie ein Stück Brie nimmt. Die Haut ihrer Hand ist gebräunt. Ringe blitzen im Licht, das das Wohnzimmer durchflutet.

„Weißt Du, wie sehr sich Zeit in die Länge ziehen kann?", fährt sie fort und heftet ihren Blick auf Olavo.

„Das wurde mir erst so langsam klar, seit ich hier angekommen bin."

„Dann wirst Du verstehen, wie ermüdend diese Wochen waren. Die Fotos haben Antonio in Angst versetzt, weil sie ihn permanent verfolgt haben. Und wie er sich auf die tägliche Korrespondenz stürzte! Er wusste, dass er früher oder später bezahlen musste. Auch wenn er nie Geld besessen hat. Denn ein Erpresser hört niemals auf. Also hatte er nur eine Chance: Er musste das romantische Klima zu Beginn unserer Ehe wieder aufleben lassen, um mich zu rühren und dazu zu bringen ihm zu verzeihen. Du kannst mir glauben, seine Bemühungen haben mich für die Enttäuschungen, die ich zweieinhalb Jahre ertragen musste, entschädigt. Deshalb habe ich sogar darüber nachgedacht die Dinge noch eine Weile so zu lassen, wie sie waren. Und das hätte ich auch getan, wäre ich seiner nicht so überdrüssig gewesen. Also schickte ich ihm ein sehr schönes Bildchen, auf dessen Rückseite ich einen Geldbetrag geschrieben hatte. Einen Betrag, der einen Bankier liquidiert hätte. Und eine Zahlungsfrist. Als Gegenleistung würde er die Negative aller Fotos bekommen. Drei Tage lang hatte sein Gesicht eine komische Farbe. Sein Leben bestand allein darin mir zu gefallen. Die Situation war dermaßen spannend, dass ich es bedauerte, dass das Ende der Zahlungsfrist immer näher kam. Natürlich konnte ich die Frist nicht verlängern, doch ich wollte den Streich weiter spielen, selbst nachdem ich die Fotos angeblich in Händen halten würde. Ich ging zu einem Anwalt, zeigte die Fotos und erkundigte mich, was ich im Falle einer Scheidung beachten müsste. Am Tag der Lösegeldübergabe kam ich nach Hause und warf Antonio wortlos Abzüge der Fotos, die ich ihm bereits geschickt hatte, vor die Füße. Kannst Du Dir vorstellen, dass er geweint hat? Er beteuerte, dass sein Leben ohne mich sinnlos wäre. Dann lief er mit einem Fieberthermometer durchs Haus und sagte, er wäre krank. Sogar die Hausangestellten tuschelten und schauten ihn schief an. Und selbst wenn er übertrieben hat, er war wirklich entsetzt. Es war das erste Mal, dass ich Antonio habe Tabletten nehmen sehen um schlafen zu können. Ich sagte, dass ich ihm nicht mehr glauben würde und dass ich, um von allem, was er mir bedeutet hatte, Abschied zu nehmen, ein paar Tage allein in demselben Hotel in den Bergen verbringen würde, in dem ich so glücklich gewesen war. Und natürlich gab ihm meine Entscheidung, das romantische Klima noch einmal erleben zu wollen, das Gefühl, dass wir trotz allem die Chance hätten noch einmal neu anzufangen. Er schickte mir Blumen, genau die gleichen, die er mir auf unserer Hochzeitsreise geschenkt hatte. Und natürlich Briefe. Nur, dass sie dieses Mal melodramatisch waren. Er schwor, dass das Leben ohne mich für ihn sinnlos sei, dass er sterben wollte, dass ich zu ihm zurückkommen sollte und so weiter. Ich fuhr nach Hause zurück und sagte, ich würde über unsere Zukunft nachdenken. Seine Augen leuchteten auf. Erinnerst Du Dich, wie gerne er sich in diesem großen Spiegel über der Anrichte betrachtete? Das tat er auch an diesem Abend, als er ins Esszimmer trat. Nicht um sich einer eingehenden Prüfung zu unterziehen, sondern nur um die möglichen Schäden, die ihm diese Tage voller Angst zugefügt haben könnten, zu beurteilen. Nach dem Abendessen taten wir genau das, was wir immer taten. Wir sahen uns die Nachrichten im kleinen Wohnzimmer an, ich trank meinen Espresso und er seinen Kognak, in dem ich ein Schlafmittel aufgelöst hatte. Die Dosis ausreichend um seinen Wunsch zu sterben in die Tat umzusetzen. Nachdem er auf dem Sofa eingeschlafen war, säuberte ich das Glas von außen, um meine Fingerabdrücke zu entfernen, dann drückte ich es ihm wieder in die Hand. Dabei hielt ich es die ganze Zeit mit der Serviette fest. Wie auch den Brief. Der, in dem er versicherte, dass er sterben wollte. Ich verließ das Wohnzimmer, um diese Uhrzeit würden es die Angestellten nicht mehr betreten. Dann ging ich auf mein Zimmer. Und was am nächsten Morgen passierte, weißt Du bereits. Der Anwalt bestätigte der Polizei meine Entscheidung, mich scheiden lassen zu wollen. Ebenso der Detektiv, der die Fotos gemacht hatte. Die Hausangestellten erzählten, dass Antonio sehr merkwürdig und niedergeschlagen war. So niedergeschlagen, dass er nicht einmal zu Carlos Beerdigung kommen konnte. Außerdem gehört das Vermögen mir, wir hatten keinen Vertrag abgeschlossen. Er war der einzige, der bei einer Scheidung etwas verloren hätte.“

30

Olavo sagte kein Wort. Alles in ihm wehrte sich dagegen, über das, was die Schwestern ihm erzählt hatten, nachzudenken. Die mittlerweile schräg stehende Sonne schien auf seine Füße. Einen Augenblick lang hatte er das Gefühl sich in dieser goldenen Wärme aufzulösen. Er ging zum Fenster. Die Fiederblätter der Puderquastenbüsche hingen wie zerzauste Federn an den Zweigenden, Ziersträucher und der vom Regen polierte Basaltweg schimmerten. Josefinas schrilles Rufen schallte durch den Hof, dabei gingen einzelne Silben verloren und verwandelten es in einen musikalischen Pfeil.

„Du bist traurig“, sagte Cristina und legte den Arm um die Schulter ihres Bruders, „lass uns am Wochenende ein paar interessante Menschen einladen. Danach wirst Du Dich besser fühlen.“

Dann drehte sie sich zur Schwester um:

„Was meinst Du, Elena?“

„Olavo ist wahrscheinlich nur deprimiert, weil er schon immer allein lebt.“

„Genau. Ich weiß auch schon, wen ich einladen werde. Du darfst auf keinen Fall fehlen!“

Olavo sah die Schwestern an und plötzlich überkam ihn der Wunsch die Zeit zurückzudrehen und das Leben an dem Punkt wiederaufzunehmen, an dem sie noch alle drei unter einem Dach gewohnt hatten. Er sagte, er würde kommen. Er würde bald wieder kommen.

31

Die Flugzeugbesatzung empfing die letzten Passagiere des Intercityfluges. Die Routine frustrierte Olavo, als er die Stufen hochstieg. Die Gesichter der Besatzung kamen ihm trotz der regelmäßigen Schichtwechsel bekannt vor. Er legte seinen Handkoffer in das Gepäckfach und setzte sich auf seinen Platz. Der Steward bot Zeitungen an. Olavo nahm eine und schlug sie auf. Aber er konnte sich nicht konzentrieren. Er dachte an seinen letzten Flug. Den, den er nach dem Besuch bei Elena gemacht hatte. Als er an Bord gegangen war, hatte der Streit mit Antonio noch immer in ihm gekocht. Und dann die Vorhersagen dieser hässlichen, vertrockneten Frau. Erstaunt wurde Olavo bewusst, dass sie tatsächlich eingetroffen waren. Ein phantastischer Zufall.

Die Stewardess bot Getränke an und während Olavo auf die Flüssigkeit in seinem Glas starrte, dachte er an Cristina. Was für Menschen würde sie dieses Mal einladen? Seine Schwestern hatten schon recht: Er lebte nur für die Arbeit. Aber von nun an würde er sich mehr amüsieren.

Er schloss die Augen und kippte den Sitz zurück.

Dann stellte er sich sein neues Leben vor. Stimmen, Gelächter, Einzelheiten von Vavá und Josefina. Ob sie den Freund von Ermê schon gefasst hatten, den, der ihm die Kiste gegeben hatte?

Olavo fühlte sich beobachtet. *Das liegt an dem Drink,* dachte er. Aber der Eindruck blieb. Er öffnete die Augen. Ein unsichtbarer Pfeil hatte ihn harpuniert. Er versucht herauszufinden, woher er kommt. Und es gelang ihm: Der Pfeil kam von derselben, dürren Frau, die ihn bei der letzten Reise so verwirrt hatte. Er dachte: *Das haben Intercityflüge so an sich. Man trifft oft die gleichen Leute.* Er tat so, als würde er sich auf die Zeitung konzentrieren, las jedoch kein einziges Wort. Sein einziger Wunsch war, sich von dem pfeilartigen Blick zu befreien. Doch es gelang ihm nicht. Immer wieder drehte er sich zu diesen hartnäckig starrenden Augen um, die unaufhörlich auf ihn gerichtet waren. Er hatte das Gefühl, als würde sie ihn gleich ansprechen und dachte: *Ein Zufall ist schon mehr als genug. Zwei sind unmöglich. Es gibt keinen Grund, dass ich vor dem, was sie mir sagen wird, Angst haben müsste. Falls sie kommt um mit mir zu sprechen.*

Längst war es mit seiner Gelassenheit vorbei. Mehr noch: langsam durchdrang ihn die Angst wie eine feine, eisige Klinge. Verstohlen schaute er zu der Frau. In ihren Augen spiegelte sich Panik wider. Jedes Wort aus diesem Mund würde mit der Gewissheit unfehlbar zu sein gesagt werden.

Er bemerkte, dass sie aufstand. Kurz entschlossen bedeckte er das Gesicht mit der Zeitung. Als sie an ihm vorbeiging, gab er vor zu schlafen. Sie blieb einen Moment stehen. Olavo konnte nur mit Mühe einen Aufschrei unterdrücken. Doch sie wagte es nicht, seine Schulter zu berühren und entfernte sich. Beinahe hätte sein Herz aufgehört zu schlagen, bis zum Ende der Reise verharrte er regungslos in seinem Sitz.

Aktuelle Titel im Arara Verlag:

BRAZILIAN UNDERGROUND
Die Geschichte von Satine
MAYRA DIAS GOMES
Ein Roman nicht nur für Jugendliche. Aus dem brasilianischen Portugiesisch von Dr. Wiebke Augustin und Carla Köser.

ISBN 978-3-9815863-0-5

Wie viele Hindernisse muss man überwinden, bis man endlich seinen Weg findet und wie viele Grenzen kann man austesten, bis endgültig alles zusammenbricht?
Die junge Brasilianerin Satine lebt mit ihrer wohlhabenden Familie in Rio de Janeiro und hat alles, was man sich wünschen kann. Doch der plötzliche Tod ihres Vaters wirft sie mit zwölf Jahren emotional aus der Bahn. Auf dem schwierigen Weg der Selbstfindung macht die Jugendliche viele, oft schmerzhafte Erfahrungen, nimmt Drogen, verstrickt sich in Lügen und lernt Ricky kennen – die große Liebe, für die sie durchs Feuer gehen würde. Beherrscht von ihren Gefühlen gerät Satine in eine Phase ihres Lebens, in der sie die Realität mehr und mehr aus den Augen verliert.
Eine Geschichte über die Schwierigkeiten des Erwachsenwerdens...

DAS DIPLOMGESCHÄFT
FELIPE PENA
Roman aus dem brasilianischen Portugiesisch von Dr. Wiebke Augustin und Carla Köser.

ISBN 978-3-9815863-1-2

Eine Pharmaziestudentin wird auf dem Campus einer Universität in Rio de Janeiro angeschossen und schwer verletzt. Der Rektor der Universität beauftragt Antonio Pastoriza, den Direktor der Fakultät für Psychologie damit, die wahren Hintergründe der Tat aufzuklären. Bei den Ermittlungen gerät dieser in Verdacht, in das Verbrechen verstrickt zu sein, wird in einen Streit mit dem Polizeichef verwickelt und findet sich plötzlich inmitten eines Kriegs zwischen Milizen und Drogenhändlern wieder.
„Das Diplomgeschäft" ist das erste Buch der Campus-Trilogie des brasilianischen Autors Felipe Pena. Die spannende Handlung des fesselnd geschriebenen Romans gewährt einen tiefen Einblick in den universitären Alltag in Brasilien sowie die Verstrickung von Bildung, Wirtschaft und Drogenhandel.

BRASILIANISCHE KURZGESCHICHTEN
Herausgeber JOAQUIM MARIA BOTELHO
Kurzgeschichten aus dem brasilianischen Portugiesisch von
Carla Köser und
Dr. Wiebke Augustin

ISBN 978-3-9815863-3-6

Eine Auswahl zeitgenössischer brasilianischer Kurzgeschichten von Autoren der brasilianischen Schriftstellervereinigung (União Brasileira dos Escritores, UBE) entführt die Leser auf eine literarische Reise durch Brasilien. Die Autoren stellen ihr Land aus unterschiedlichen Perspektiven vor und vermitteln dadurch sehr spannende Einblicke in die vielfältige Kultur Brasiliens.

SUCHE UND VERSUCHUNG
Abenteuer Brasilien
FRANZ FLICK
Roman
320 Seiten
ISBN 978-3-9815863-2-9

„Auf dem Weg begann ich über den Grund meines Aufenthaltes nachzudenken. Ein Haus als Zuflucht oder eine kleine Pousada als Existenz, letztendlich war dies nicht nur eine Frage des Geldes. Mehr eine Frage, wie oder ob man überhaupt in diesem Land, an diesem Ort leben könnte."

Ein Mann, der alles erreicht hat. Die Langeweile des Alltags. Seine Suche nach einem neuen Anfang in einem Land, das er als junger Mann kennen und lieben lernte: Brasilien, Land der Abenteuer und Versuchungen, Land der Licht- und Schattenseiten.

Ein Roman voller Spannung und Ironie, der den Leser in seinen Bann zieht.

Arara Verlag